INK

INK

王安憶作品集⑥

傷心太平洋

王安憶・著

【目次】

導讀

小說家的詩意追尋

周芬伶

這本小說集在王安憶小說中的重要意義是，有關血源（家族史）與文學本質（詩）的探索，它們既憂傷又無可取代，神祕與神聖交織，作家的基質因此展現。

兩部看來不相關的中篇，都有結實的骨幹，〈神聖祭壇〉顯然嫩一點，是作者早期擅長的知青題材，心靈勞改的氣息濃厚；〈傷心太平洋〉已有特異的敘述文體，那是散文式的自白體，氣氛特濃，意象鮮明，也有歷史與心靈的層次。很顯然的她是中篇的好手，或大題小作或小題大作，〈傷心太平洋〉是大題小作；〈神聖祭壇〉是小題大作，這種中格局在《富萍》、《流逝》中達到巔峰，拿掉知青氣，專攻人間煙火，描寫浮游族群與小人物，家庭主婦，傳神處眞讓人愛不釋手，長篇在我看來，在目前還有點吃力，堆砌的痕跡隨處可見。

能寫好中篇的不多，好的中篇更像匣中寶珠，讓人觀賞不足，托瑪斯・曼的《威尼斯之死》，卡繆的《異鄉人》，魯迅的《阿Q正傳》、張愛玲的〈金鎖記〉都是中篇，誰說小說家一定得靠長篇證明自己？

〈傷心太平洋〉追蹤家族歷史、文學血脈，也交織著新加坡的歷史，作者顯然作了一點考據功夫，將新加坡的獨立與民主運動、與李光耀的角色寫得相當清晰，這亮麗的新興國家，有著慘痛的過去，這位於馬來亞半島南端的小國，一直有著如同殖民地的慘痛歷史，附近的泰國、印度、爪哇，以及遙遠的英國或是日本，都曾經統治過它。早在西元七世紀，那時的新加坡被名爲「海城」（Temasek），它是蘇門答臘古帝國——斯里佛室王朝的貿易中心。到了西元十三世紀時，新加坡有了新名字——新加普拉，意思爲「獅子城」，西元十四世紀，新加坡成了鄰近各國兵家互爭的戰場。直到一八一一年，一百位馬來人在其首領田緬剛的帶領下到此落地生根，那時只是一個雜草叢生的小漁村。八年之後，來自英國的萊佛士爵士於將新加坡建設成爲一個自由港。到了一八二四年，新加坡的人口才從一百五十人迅速增加到一萬人，如今成爲亞洲四小龍之一，並爲「東協」的主導國家，連中國都刮目相看，紛紛派員到那裏學習新加坡經驗。

作家在大陸剛開放之際，寫出這有著南洋風情的小說，其意義還不僅是家族的回歸與尋根，亦爲一特異視野，如第四代導演之離心觀點，脫離漢中心的描寫，而視野更爲開闊，更抓住離散與移動書寫，如此，新加坡的地圖在小說中浮現與放大，尤其是透過身處漢文化中心作家的反射與凝視，它變成「傷心」的代名詞。

的確，新加坡有它傷心的一面，在太平洋戰時，新加坡成爲日軍重要的軍事基地，生活更是苦難重重，我到新加坡時，在博物館中看到島民遭砲轟的淒慘畫面，以及他們如何頑強的抵抗與面對，以至奮起而成爲獨立國家，我一張張凝視那些照片，而爲之敬肅。

然而這些歷史只是作家敘述的一條線，另一條線是家族的傷心史，熱愛戲劇與新文學的父親，嚮往祖國，最後回歸祖國，小叔爲土地奮鬥，最後回歸土地，而在漢文化中心的作者心靈回歸蘊育祖先的土地，在這相對移動中，更說明傷心只是起點，交融才是終點：

——我看見了我的名字。這時候，我才體會到我與這地下長眠不醒的老人的生死相關的聯繫。我對他們感到心連心、 骨連骨的疼痛。

——我覺得，我爺爺家，是養育革命者和浪蕩子的搖籃，這便是爺爺奶奶傷心的源泉。革命者和浪蕩子全是漂流的島嶼性格。

——人類其實是一個漂流的群體，漂浮是永恆的命運。太平洋的島群就好像是一個縮小的地球景觀，島嶼就是大陸。海洋也許是人類最後的歸宿，是人類漂流的盡頭。這便是太平洋所有的傷心所在。

如同薩依德主張，漂流移動的人是最完整也是最頑強的，作者把個人的命運融入人類集體的命運，化解殖民／祖國，島嶼／大陸，漂流／生根的分立，以海洋作爲人類最終的歸宿，有四海一家的理念，顯見其大家風度。

值得一提的是作者的文體，是脫離張腔的重要關鍵，王與張的不同在一有情，一無情，然無情也是情的一種，更在宗教的層次，對人性的看法，一有光，一無光，頂多只有月光「一步步走向沒有光的所在」。

因爲在心靈上是流動的，作者形成她流動有致的文體，自由地憑意識與潛意識流動，文字細密然不急促，情感濃烈而不黏膩，形成屬於她自己的「王體」。

描寫人性的光芒，而至小說中沒有一個徹頭徹尾的壞人，頂多有點「皮」或「痞」，這又是作者有光之一面，在〈神聖祭壇〉描寫詩（文學）之光，也描寫人性之光，當然還有詩人的自我與自私，小學教師兼粉絲戰卡佳「介入」詩人項五一的家庭，兩個女人之間不但沒有戰爭，反而充滿互相學習精神，大家都在詩這神聖祭壇下奉獻了自我，也犧牲了自我。作者討論一首詩（一部作品）的完成與本質，這樣嚴肅的命題是很難用小說表現，除非是譏刺或反寫，然作者的厚道是不允許她這麼作的：

——「您認為，詩是什麼？」

項五一粗暴地回答道：「於我來說，詩是莊嚴神聖的，是不能夠在這種場合裡隨便議論的。」

——項五一的命運，是做一名詩人。他很滑稽地回答，覺著自己進入了自己陰謀策劃的圈套——詩是什麼？是命運；命運是什麼？是詩。

——現在，我說出了。項五一呻吟般地喃喃說著，好像虔誠的教徒面對了神聖的上帝，在做誠實的懺悔。詩句在蒼白的紙上閃爍著黑色的光芒，周圍是死一般的寂靜。

這麼嚴肅的主角如聖人一般是不太能成爲小說的主角的，諄諄教誨的戰卡佳，眞正的主角是那一萬行長詩，有如一篇小說，有人物有情節有糾葛，描寫一個男孩變成侏儒的心史，詩人是行動的侏儒，這令人想到屠格涅夫的《羅亭》，或那個時代的革命份子，空有滿腹理想與口號，在那個時代藝術家被視爲是天才與瘋子的融合，他們形容憔悴，憤世嫉俗，一身反骨，但那是十九世紀二十世紀初，現代的詩人，恐怕相當多樣化，有滿口名牌的布爾喬亞、有奉行簡樸的清教徒，也有喜歡交際的花蝴蝶，更有那呼風喚雨的報刊雜誌的主編，在一切都商品化社會，藝術家的形象已有改變，他們較接近經紀人，自己得行銷自己。那以痛苦爲職志，以詩藝爲祭壇的詩人形象，看來已有點陳舊，顯然更與世寡合，但在八〇年代，我相信許多大陸作家還奉行著這神聖的天職與鐵律。一九九〇，我從北京一路到安寨，見到許多作家、藝術家的確是以痛苦爲財產，以創作爲神聖，有的作家桌前掛著草鞋，生活之簡樸令人感動。那些美好的素質被王安憶以文字保存了起來。

討論詩必然是形而上，而不是形而下的，那場項五一與戰卡佳的長夜論詩，對話長而抽象，而什麼火花也沒產生，太不可思議了，莫非戰卡佳的存在只是來論詩的，而且顯然她對詩與詩的瞭解不輸詩人自己，她是那樣地好爲人師，最後當起詩人的老師來了，以致於「他們好像共同經歷了一場浩劫，又激動又疲倦。這一個夜晚是那麼不平常，使他們隱隱地感到有點不安，心裡不約而同地想道：這是怎麼啦！」，這場浩劫使他們變得陌生，而不敢再相認：

這一個夜晚，他們將人的了解與被了解推向了頂峰，他們冒了太大的風險，將彼此對人的智慧與熱情發揮到了頂點。這一個頂點今後再不會有了，它已經超出了平凡的常理。有許多人度過了整整一生都不會遭遇，不可期望它在兩個人的一生中出現兩次。這一個頂點消耗了他們積存幾十年的對人的智慧與熱情，也預支了他們今後幾十年裡對人的智慧與熱情。她最終地完成了對他的了解，他也最終地完成了他的被了解，而他們倆似乎生來就懷了一個目的，一個是了解，另一個是被了解，這一個夜晚無法不帶有終止的意味，她心裡充滿了終止的感覺，心想：不應當讓那個夜晚受到損害。

他們因此註定要漸行漸遠，詩人完成了他的詩，毀了別人，也毀了自己。

戰卡佳的出現眞的是來「談」戀愛的，「詩」也是被談出來的，這樣乾淨如數學般的世界，想必忠實呈現作家年輕時的文學信念，或者永不改變。

愛一說就俗，詩一說更俗，作者努力控制讓一切在不俗的境界進行，因用力過深，而顯露痕跡。

然這是理解王安憶很重要的一本書，其中有她的文學鄉愁與美學。

傷心太平洋

危險，這便是父親與小叔叔他們心頭創傷的來源。這話裡有一種不由自主的宿命氣息，概括了南亞島嶼的悲慘命運。

他們都是那種如水漫流、無拘無束的人，具有無端的火焰般的熱情，足以燒毀自己和他人。這是一種悲劇性的氣質，他們前赴後繼地寫下我們家的傷心史。

當我行駛在去往檳城的海面上，風吹過來，掀起了我的草帽，這是馬六甲海峽的風。這是一條古老的航道，鄭和七次下西洋，都是從我行駛的這一小片海面的周圍經過。鄭和是個古老的名字。船推開波浪的景象看起來那樣雄偉、壯闊、浩浩蕩蕩。烈日當頭，無遮無攔，海面的反光燒灼著我的眼睛。在我身前與身後，布滿了神祕的地名：爪哇海、蘇門答臘、婆羅州、暹羅灣，這些地名引動了我們獵奇的心理。它們有一種熱烈與荒涼交加的印象；它們還有一種繁盛與幽謐交加的印象。它們代表了曲折的海道、未名的島嶼和土著的歌舞。檳城在海平線上浮現，空闊的海面有了邊緣。我忽然想到五十年前，父親的馬華巡迴歌劇團乘船去檳城的時候，檳城也是這樣在他眼前浮現。那時候，父親是個十九歲的少年，他熱心於戲劇和救亡，他跟隨歌劇團從新加坡出發，貫穿了馬來亞，最後去往檳城，一路唱著抗日的歌曲。那也是七八月的南季候風的日子，熱帶的陽光把他曬得焦黑。我眼前出現了一個身穿短褲、皮膚焦黑的少年，隨了這少年的出現，我心中突兀而起一股傷痛之感。這傷痛之感從浩蕩的海面陡然升起、瀰漫、滲透，陽光也變得徹心的傷痛。

我的遺傳其實帶有熱帶的痕跡，而我是三十七年來第一次來到熱帶。我發現熱帶的人們都帶有一種被陽光灼傷的表情，尤其是那些老人。他們面色嚴峻，眉頭緊蹙，他們瘦削、黧黑，他們全帶有傷痛之感。年輕人們已經被現代的冷氣機孵白了，他們的臉上已消除了地域的標誌，日益地國際化。我走在新加坡的街上，不是武吉路那樣的繁華大街，也不是牛車水那樣著名的老街。而是一些不知名的背靜的小街。我走在那裡，看見的每一個老人，就覺得他們是我的爺爺和奶奶。我的落拓的、不幸的、疲憊的、傷心的爺爺和奶奶，匆匆地，惶惶地行走在烈日之下，奔波著他們動蕩不安的生計。爺爺和奶奶的面容在我家的照相簿裡，被我漠然無睹地翻過了三十七年，惟有當我到了他們的墓前，我才眞正地看見了他們。給爺爺奶奶上墳，是我來到新加坡的第一件事情。我很不懂規矩，空著兩隻手，由我的嬸嬸買了鮮花，帶了玻璃瓶和清水，還有我的姑姑，領著我來到爺爺奶奶的墓前。墓地裡長滿了熱帶的植物，雜草齊膝，風吹過來，草木彎了腰，露出潔白的石碑，好像海上的白帆。汽車在墓園穿行，然後停住。我走下汽車，烈日攜著熱浪撲面而來。植物肥碩的葉片反射著灼亮的陽光，使人眩暈。我心裡湧起一股說不盡的傷痛，我想這樣熾熱的地方，死者怎能酣然安息？懷著這樣的心情，我走向爺爺奶奶的墳墓。他們的墳墓就在甬道的一邊，有一棵大樹遮蔭，使人心生安慰。我站在齊膝的草叢裡，蚊子無情地咬著我的腿，爺爺和奶奶從墓碑上看著我，他們的面容是多麼愁苦和絕望。我忽然有一種隔世之感，我和我的爺爺奶奶相隔了這麼遠，又相隔了這麼久，這時候竟在了一起。嬸嬸和姑姑雇來一個馬來老人剪草，他裹著伊斯蘭的白布包頭，有一雙瘦骨嶙峋的手臂和腿。他蹲在那裡，操了一把巨大的剪刀，咔嚓嚓地剪著茂盛的青草。剪刀聲在寂靜的墓園裡顯得十分響亮清脆，還有鳥的啁啾。他轉眼間剪完了草，然後隨手揪了幾把草葉作掃帚，掃淨了墓坪。墓碑完全地矗立在眼前了，我看見了我的名字。這時候，我才體會到我與這地下長眠不醒的老人的生死相關的聯繫。我對他們感到心連心、骨連骨的疼痛。

我走在東南亞的陽光下，想著我的爺爺和奶奶。他們的一生是沒有快樂可言的一生，爲生計煎熬。他們總是不如意，厄運糾纏著他們。他們幾乎沒有一件順心的事情，貧和病是他們終身的伴侶。他們生了無數個孩子，死的死，送的送，只剩下小貓三隻四隻。後來我們找到了一個送走的大姑，住在馬來西亞的檳城。這大姑是在我父親之後出生，她出生的那年，爺爺得了嚴重的牙病，他認爲是這嬰兒帶來的晦氣，便將她送了人。這是我爺爺家送走的第一個孩子，從此，這事情就開了頭。爺爺的牙病，我尋思著可能是牙根炎，當時幾乎危及生命。像我爺爺那樣肝火旺盛、脾氣暴烈的人，牙病當是長年纏身。牙疼加上酷熱，猶如雪上加霜，將他折磨得夠嗆。爺爺的狂怒性情是家裡永遠的烏雲，遮暗了一切，人人噤若寒蟬。爺爺的脾氣反覆無常，一觸即發，奶奶是他的出氣筒，曾祖母也是他的出氣筒。他總是心情黯淡，煩躁不安，胸中充塞著一股無名火。這股無名火生生地將這一整個家的快樂燒盡，它破壞了這個家庭本來就很微弱的希望。牙病糾纏了我爺爺有一年的時間，這一年裡他幾度臨危，又化險爲夷。牙病是消耗人耐心的最佳手段，它像隻蟲子似的，咬噬著忍耐力。等到牙病將癒，爺爺的耐心也就消失殆盡。他的急躁已經出了格，比如他偶爾腹瀉，就可將一整瓶止瀉水一口灌下，這事情也教人心疼。我覺得他的火爆脾氣，還在咬噬著他自己的生命和快樂。我猜想，他抽上鴉片就是在患牙病的期間，鴉片有奇妙的鎮痛效果。他一旦煙槍在握，立刻愛不釋手。鴉片還有使他緊張的情緒放鬆的效果。從此，鴉片成了他的好夥伴。新加坡博物館裡，那一具精緻的鴉片煙榻使我感受強烈，鴉片眞是中國人的好夥伴，伴隨我們走天涯。從此，家中就充滿了鴉片的煙霧，那一股奇異的甜香，刺激著大人和孩子的鼻膜。這就是爺爺奶奶的家：煙霧騰騰，動輒暴怒，還有終年的溽熱。

我有一個古怪的念頭，我以爲爺爺的壞脾氣來自於炎熱，炎熱也是消耗人耐心的好東西。這裡終年烈日當頭，揮汗如雨。爺爺動輒暴跳如雷，和他一無道理好講。他視這世界上每個人都是仇敵，越是親的人，仇恨越是深，因此，他頭一號敵人便是他的母親，我的曾祖母。曾祖母是我們家功臣一般的人物，她開創了我家的出洋史。不知是什麼促動了這一個年輕的寡婦，帶著兒子漂洋過海。我不知道我的曾祖父是做什麼的，家道如何，年紀輕輕死於何由。我在馬來西亞的怡保遇到一位王木根先生，王木根見面就說我們是一家，他說他還保留有一本福建同安王氏家譜，家譜說我們這一王是來自河南的客家人。客家不客家我不知道，我卻知道福建那地方有著源遠流長的出南洋史。有一句話說：「南洋海水到處，皆有華僑蹤跡。」這使我眼前出現一幅人跡漫流的圖畫，這畫面很壯觀，還很傷懷，它有一種茫然無所的荒涼氣息。書上說，南洋那地方「沿海既灌木叢生，跋涉爲難；

內陸復瘴煙蔽荒，死亡相藉；航海時風濤險惡，碇泊處盜匪爲患，涉渡畏鱷魚肆暴，登山慮猛虎撲襲」。南洋那地方還遍地珍草異木、奇禽怪獸，一夜之間黃土變成金。下南洋的傳奇故事是我原籍福建最爲盛行的傳說，成功與失敗的消息連年不斷。下南洋是那年輕寡婦的夢想，這是一個意志堅強的婦人，她死於我出生的一九五四年。她的墓地我也去了，也是草木茂盛，烈日炎炎。年輕寡婦帶著獨生子登上木船，歷經波折，來到這島上。剛來的那幾年，我想他們母子幹得還不壞，落下腳，找了工做，後來還娶進了媳婦。這些年裡，我想他們母子還平安無事，生計占據了他們的心，鄉愁也占據了他們的心。在新加坡河的岸邊，每到夜晚，便有藝人撥著三弦大阮，唱一些曲子，說一些英雄列傳春秋傳奇，他們還會將來自唐山的消息編成詞曲。這是華人們聚集的地方，當是他們母子常去的地方。他們同安人和同安人在一處，鄉音盈耳。這是出洋的畫卷中最暖人心的場面。唐山安慰了他們孤兒一般漂無所歸的心，還爲他們的奮進提供了後盾一樣的東西。這時候，熱帶的太陽終於下山了，風裡有了涼意，新加坡河上停泊著大小船隻，船也收了風帆，靜靜地歇著。新加坡河的繁榮已經成爲舊事，如今平靜無息，繁忙的景象正在港口展開。再說那時，月亮升起了，熱帶的月亮也是巨大橙紅的一輪。歌調弦音傳得很遠，蚊子洶湧地嗡嗡飛行。

當我父親出生的時候，爺爺已是一家大橡膠廠的高級經理。這其實是一個極短暫的輝煌時期，可卻足夠我爺爺他滋長了孤傲、狷急、目空一切、自命不凡，這注定了他在即將來臨的大蕭條中一落千丈的命運。這個輝煌時期是不堪回首的，它幾乎是我們家不幸的起源。而那母子二人的仇恨也就是在此時發芽開花。這寡婦是一個富有理想的女人，她決心要造一座大房子，房子是落地生根的象徵，房子還是家園的象徵。而我怎麼也弄不明白的是，我爺爺他爲什麼要這樣激烈反對這個美好的計畫。爲此，他們母子爆發了空前的戰爭，我爺爺暴跳如雷，惡語連連，他還有摔東西的特長，一時上家中乒乓亂響，滿地碎片。我估猜他們母子長年來總是齟齬不斷，在那些艱苦的創業日子裡，他們飽受委屈辛酸，無人訴說，只可互相出氣，時間長了，便種下了仇恨。但他們雖然齟齬不斷，卻也沒有什麼好教他們認眞作對的大事，造房子就是頭一件大事。爺爺他反對造房子其實只是因爲他母親要造房子，假如母親不造房子，他就會力主造房子了。造房子的日子是我們家戰火不熄的日子，爺爺他回到家就罵人，可曾祖母全然不理那一套，她主意已定，任憑天王老子都阻擋不了她的決心。她獨自一人奔波，籌集材料人工，選擇地皮，在炎炎的烈日之下，房子破土而起。曾祖母她累啞了嗓子，爺爺他罵啞了嗓子，最後的日子，他們只能喑啞無聲地罵來罵去，用血紅的眼睛仇恨地瞪來瞪去。這種情景說來也傷心，內耗吞噬了我們家的希望，這是一種孤獨無依靠的景象。一個女人獨立造起一座房子，我想無論如何也是出洋史上的一個奇觀。我由此想到，在我們家的出洋史上的三代女人，如不是她們，我們終將如何，那就難說了。曾祖母是第一代，是奠基的一代。房子最後落成，合家舉遷，爺爺他罵不絕口地住進了最好的一間。

曾祖母虔信佛教，同時樂善好施，這是她與爺爺經年不熄的戰爭的兩大起源。爺爺總是粗暴地破壞曾祖母的神龕，將佛像摔碎，就好像無神論者的毀廟運動。而曾祖母不屈不撓，針鋒相對。曾祖母收留遠涉而來的同鄉人，也遭到爺爺狂怒的謾罵。經常是，曾祖母將同鄉人安插進爺爺任職的橡膠廠，爺爺非要趕他出來，使辦事人員夾在經理和經理老太太之間，兩頭爲難，受著夾板氣。爺爺做著這一切的時候，並沒有明確的理由，他只是一時興起，莫名其妙。曾祖母的所作所爲則合乎邏輯，目標清楚，佛教是她的精神支柱。至今我叔叔家還供著佛像，每日晨起一炷香，這事由我嬸嬸主持，堅持不懈。而我叔叔則有意向基督教轉移，向他傳教的一個女人具有巨大的熱情和煽動性，在我到新加坡的日子裡，她竟還跟了叔叔來我旅館，向我進行了一通說教。我發現我們家的男性全無宗教的始終如一的素質，他們隨心所欲，意志脆弱，還有那麼一點莫名其妙，使我們家陷於混亂。這其實是一種游移失所的性格，是一種典型的移民性格，沒有家園。他們顯得心神不定，坐立不安，天氣又是那麼酷熱難當，更教人心頭火起。宗教在這裡也呈現出凌亂的面貌，信什麼的都有，天龍、地母、十八羅漢拆散了供起，亂烘烘的一片香火。這給原本就形影詭祕的南洋又增添了一層多神的色彩。這是一個無所歸依的地方，也是一個無所歸依的時期。人們全帶有茫然與恓惶的表情。這表情在我們家演變爲無休無止的激烈爭吵，氣氛緊張，就像住在火山口。

他們吵啊吵的，在這一個動蕩將臨的靜謐時刻，他們不知道他們其實乘坐在一個漂浮的島嶼上，危險隨時都會發生。他們只是無端無由地心生恐慌，覺得末日不遠，生命不再。這一段靜謐其實是大動蕩的前夜。可這島上的人們全然不知，他們一心抵擋著炎熱，奔忙生計。我父親已經上學校，我大姑已送往檳城，連最小的叔叔也已降生，正走向他美麗而慘痛的短暫人生。南洋小島使我想起世界在鯨魚背上的遠古傳說，這傳說一定來自島嶼上的原始人。他們看見四周無邊無緣的水面，日日夜夜地流淌，水流帶給人們動蕩飄移的感覺。說是世界在鯨魚背上，眞是一點沒錯。從地圖上看，大陸也成了島嶼，而島嶼則成了大陸的碎片，隨波逐流。我想，島上的居民一無二致全有著宿命的心情，這也是他們傷痛表情的來源。祈拜各路神仙就是為這宿命心情驅使，像我爺爺的破神運動其實也緣於一脈。我爺爺他不信神卻並不意味他信自己，他誰也不信。他不相信有誰能來拯救，他是更徹底更絕望的宿命論者，這大約就是他壞脾氣的根源。這樣說來，爺爺他又有點像一個先知，他就像一種穴居的敏感的動物，預先感覺到地震的來臨，於是就騷動不已，吵鬧不休。這一場大動蕩的名字叫做大蕭條。

關於一九二九年到一九三九年這一場世界性的大蕭條，書本給我這麼一個印象，它好像是本世紀內兩次大戰的一座橋梁。它是第一次大戰的尾聲，又是第二次大戰的序幕。它是激蕩全球的征戰號角中間一段起承轉合的哀婉之調，給這一演半世紀的世界大慘劇抹上一筆對比的色彩。大蕭條還像是一次中途作廢的做愛之後，無處排解的欲望的膨脹騷動，必將導致第二次做愛，才可協調順暢。當處於做愛雙方的大國們製造著一場大動蕩的時候，那天涯海角的島嶼之國便享受著洶湧的餘波。大戰後生產有一個奇異的無節制增長，所有後果中有一個直接危及我們家的生計，那就是食物與原料的價格下跌，這使依賴出口原料與食物的南洋島嶼經濟崩潰。我爺爺被橡膠廠辭了職。直接原因是和老闆的一場大爭吵。我想老闆要辭我爺爺的念頭早已有了。我爺爺的暴烈脾氣，主觀臆斷，不合作態度使上下級都非常頭痛。他罵人成性，出言不遜，製造過多次事端，都是由老闆親自出面才收場。到了工廠大肆減員的當口，人人自危，小心翼翼，夾緊了尾巴做人。而爺爺他偏我行我素，依然如故。這一場爭吵以迅雷不及掩耳之勢發生和結束，我爺爺拍著桌子說一聲：老子不幹了！老闆拍著桌子回敬一句：悉聽尊便！然後我爺爺走了出來，爲表示「老子」眞的「不幹了」，他沒有坐汽車，而是徒步走著。司機緩緩地開著車跟在他身邊，勸他上車。這非但不能平息他的怒火，反更激怒了他，或者說使他有點人來瘋。他用拎在手裡的西裝去打那開車的印度人，還在車身上踢了幾腳。烈日曝曬著他，回家的路是一條下山的路。他走得有些踉蹌，汗珠滾下臉頰，罵口不絕。那時候的新加坡還沒有如今這些高樓，多是破爛的街道，掩在綠樹參天的山坡間。我爺爺從高處往低處走，他俯視著新加坡這地方，他看見不遠處島的邊緣，白亮灼眼的海水，他一陣眩暈，不知身在何處的感覺湧上心頭。汽車打道回府，坡路上只剩了他自己，沒有對手地謾罵著，一步一步地下了山，沉沒在嘈雜喧囂、霧氣蒸騰的街心。

太平洋是令人神往的大洋，它是地球上最廣最深的海域，島嶼星羅棋布，夜晚的時候，和星空交相輝映。乘在駛往檳城的渡船上，太平洋的波濤在船下起伏，這是我與太平洋最爲親近的一刻，它那麼博大無邊，且洶湧澎湃。我不由想：島嶼是多麼危險的東西啊！它無時無刻不面對著沉沒與衝擊，它在波濤的喘息間歇中苟存。島嶼像一個孤兒，沒爹沒媽，沒有家園。太平洋上的島嶼，全有一種漂浮的形態，它們好像海水的泡沫似的，隨著波濤湧動。檳城就是這樣從海水深處漂浮起來，眞是姿態綽約，如夢如幻。這大約就是航海中最爲溫情脈脈的一刻。在我父親出生之前整整一百年，一八一九年一月二十八日的這一天，英國人萊佛士登上新加坡這小島的最初一瞬，一定也是詩意盎然。萊佛士和他的同事，帶了一名印度兵，從輪船上放下一艘小舢板，沿了島的邊緣，慢慢地進入一條榛樹夾岸的小溪。溪水清澈見底，成熟的榛子下雨似的落下，如入仙境。但萊佛士不是詩人，而是個商人，並且是一名典型的英國紳士，以英國爲世界中心，效忠國家是他本職。他頭腦清醒，目光遠大。他一眼就認定了新加坡這島嶼的地理要勢：它南控馬六甲海峽的入口，東則直取遠東。這是個好地方啊！萊佛士想。他成竹在胸，力排眾議，最後終於與荷蘭達成交易一筆：以東印度公司在蘇門答臘的所有屬地換取荷蘭控制下的馬六甲與新加坡。太平洋上的島嶼重新進行了一次分配，進入新的歷史階段。這便是個人在歷史上的作用。萊佛士在新加坡有父親之稱，這稱呼使這島嶼更像一個孤兒了。父親出生在萊佛士登島一百年之後的一九一九年，這時候，我們家已完成了一件大事，那就是出洋。父親出生在這島上，他從來沒回過故鄉同安，「同安」這兩個字總是掛在曾祖母嘴上，於他如風過耳。他睜眼便是這熱帶島嶼的景象，看海是他日常的活動。每當爺爺罵人的時候，他就出來看海。我以爲在他身心深處與生俱來就有一種嚮往大陸的本能，這是所有海島之子的本能。在他看海的日子裡，大蕭條來臨了。

爺爺失業是可怕的事情，他用罵人來抵擋心中一陣一陣湧起的惶恐之感，還有偶爾復發的牙病。爺爺沒有一張微笑的照片，奶奶也沒有，他們臉上終年愁雲密布，肝火燒著心。奶奶她是世上最最憂傷的人，嫁給爺爺是她一生不幸的開頭。她生下一個又一個孩子，再一個又一個地送走。炎熱、辛勞、憂傷，爺爺的壞脾氣，還有連年生育，早已抽乾了她的身體。她最後病於大出血，無可收拾，在爺爺死後的第三天，便撒手歸西，結束了這苦難的一生。爺爺奶奶相繼而死，眞是一個不可思議的謎，這說明，他們互爲宿命。他們死於我六歲的那年，消息傳來時，我無知無覺，依然做著我的遊戲。我無法知道他們飽嘗的辛酸，當我知道後，我已無法與他們親近。堂兄告訴我，奶奶最喜歡看我們的照片，看我們的照片使她很歡喜。我不明白原來我還給奶奶帶去過歡喜，這教我又高興又傷心，眼淚湧了上來。爺爺失業的日子是地獄一樣的日子，永無盡頭。爺爺罵夠人然後起身出門，是奶奶希望升起的時刻，她幾乎是屏息斂聲等待爺爺回來，帶來一個好消息。爺爺永遠沒有帶回好消息，他回到家是更加洶湧澎湃地罵人，奶奶就把希望放在下一次。我想那年頭，失望的人擠滿街頭，每天都有新的店舖和工廠倒閉，人們走在烈日炎炎的街頭，不知道世界發生了什麼事，不知道這一切厄運將以什麼來拯救。我推想那時候我們家的生活主要靠兩個來源，一個是借貸，一個是父親輟學去做小工。借貸應是維持了相當長的一段，受過曾祖母恩惠的人不少，有的還很發跡。像我父親的工作，也是託這些同鄉人給找的。但這一切都須瞞著爺爺，如被他知道可就了不得。他窮死了也不求人，可這並不妨礙他用借來的錢餵飽一日三餐，還有鴉片煙。他一邊發火罵人，一邊似乎在等待什麼，所有的人都在等待什麼。尤其當太陽下山，涼爽海風吹來。這是一天之中心情最為寧和的時刻，事情似乎顯出好起來的趨向，希望冉冉升起。暮色一點一點進入我家的大房子，瀰漫開來，暗夜降臨。這是爺爺少有的不罵人的時候，習習涼風中，他會想一想同安。「同安」是我苦思冥想為爺爺尋找到的一樁安慰。我想他這一生沒有一點快樂可言，這使我徹心地疼痛。「同安」是他出生的地方，是他度過童年的地方，必定有著許多淘氣的沒有憂慮的事蹟。而「同安」與我是隔世的模糊，我幾乎不以為它是個眞實的地方。因此，這安慰就變得十分虛妄。想去親近我爺爺奶奶的願望是那樣強烈，我覺得他們孤獨無比，憂傷無比。野草遮掩了他們的墳墓，馬來人剪過之後，轉眼間又滋滋地生長。這一種繁盛的荒涼，是太平洋小島上特有的景色。

這一切其實都是序幕，一切都在準備階段。各方面的力量都在積極地卻盲目地活動，爲使自己從這蕭條的時代掙扎而生。收縮經濟，通貨膨脹，貨幣貶值，保護性特惠性關稅安排，羅斯福實行新政，法國組成人民陣線政府，法西斯運動，墨索里尼上台，日本侵略中國……，這是一個絕望的時期，是我父親成長的時期。出生於一九一九年的人是多麼不幸，他們生而面臨世界的慘劇，無可退避。父親的童年給我印象的是有這麼兩件事，讀書和騎自行車。我父親是個數學成績糟糕、國文成績優秀的學生。數學老師經常將他留下補習，最終老師絕望地哭了起來，這是我父親平生引以爲自豪的事情之一。在我父親讀書的時候，還發生過一件奇異的事情，帶有南洋小島的詭祕色彩。有一段日子裡，他每天早晨在課桌裡發現一枚五分錢幣，他就拾起交給老師，天天如此。後來有一天，他按捺不住誘惑，拿了這五分錢幣去買冰和糖果吃，從此，錢幣再不來了。這是一次沒有通過的道德考驗，如同他的算術一樣。騎自行車也是我父親童年一大事件，他騎自行車總是違反交通規則，被警察送回家中罰款。我設想我父親是騎著自行車去看海，自行車從丘陵上下滑的一刻，有著令人心悸的快感。這樣陡然地接近大海也有著令人心悸的快感。家裡沒有快樂，他就出來尋找快樂。父親的童年很少快樂，這使他有一種根深柢固的錯覺，那就是，世界上一切小孩子都是不開心的，小孩子是人類中最無快樂的一部分。我父親童年時表情抑鬱，少言寡語，他看海的時候，莫名其妙地心生企盼，太陽曬黑了他的臉和身體，風吹起他的頭髮和單衣衫。不開心的孩子看海是一幅憂傷的圖畫，令人心疼。我也尋找著父親童年中聊以安慰的事情，數學老師氣哭是一件，五分錢的得而復失是又一件，騎自行車是第三件，看海則是憂傷的心情。

當我多年後，風平浪靜時來到這島嶼，我有心想搜尋一些往事遺蹟，塡補我根源方面的空白，可我拾起的一是炎熱，二是傷心。整潔的市容安慰不了我，參天的大樓安慰不了我，看海也安慰不了我。新加坡河邊有一座話劇院，據說已有九十年的歷史，如今內部整修一新，卻還保持著昔日的外觀。我想像父親當年的劇社曾在這裡演出過《日出》，這是一點安慰。父親在《日出》劇中能幹些什麼呢？我想不出，並且覺得有點幽默，這也是一點安慰。這時候，父親已成爲一個很典型的文學青年。我想，一九一九年出生的中國人，是非常容易成爲一個革命文學青年的。文學和救亡這兩件事，充斥在他們的成長時期。而對於遠在迢迢島嶼上的我父親，這兩件事之後，還多有一層嚮往大陸的心理背景。大陸的氣息是如何傳達到這島嶼上來的？新加坡河岸上，康有爲變法失敗後避難所居的房子至今還在，是百年舊話；同濟業為迎接鄧世昌的北洋水師舉行盛大慶典，經年流傳不息；有一條武吉巴梳街，當年想是父親常來的地方，在那裡曾經文人聚集：郁達夫、王任叔、楊紹。我想像父親這一個文學青年，手裡拿著一卷稿子，上面寫著非常「五四」的文字，來叩郁達夫的門。郁達夫在我想像中是一個羅曼蒂克的男性，他臉色蒼白，身體頎長，表情憂鬱，眼光富於幻想，有著敏感的神經質的白淨手指。而我父親則身材瘦小，面色黝黑，臉上帶著看海的表情，穿著短褲短衫，一個典型的南國少年形象。當他來到郁達夫門前，已經歷了一個漫長的膽戰心驚的思想鬥爭過程。在他心目中，是將郁達夫看成燈塔一般，好為他迷茫的不開心的人生指出一個方向。來找郁達夫的青年不計其數。在新加坡的日子，郁達夫幾乎終日處在這樣的黑瘦、帶有看海表情的青年包圍之中，郁達夫就像大陸一樣吸引著零散漂浮島嶼的嚮往。那是一個迷茫且又希望蠢動的年代，於我父親那樣的島嶼青年，還是一個孤獨的年代，孤獨是這島嶼長年的表情。我父親去尋找郁達夫，心中還懷有一個孩子去尋找父親那樣溫暖而羞怯的心情。武吉巴梳街當年是起伏的山坡，長滿熱帶的草木，頭頂是烈日炎炎。孤獨的父親走在上坡的路上，想像著郁達夫將如何對待他，給予他的文章什麼樣的評價。他身上涼一陣熱一陣，有一陣歡喜異常，又有一陣沮喪異常，他甚至有一陣非常極端地將他人生所有的希望都寄予這一次造訪。當他終於走到郁達夫的門前，他的腦子裡又是一片空白，他想：這是到了什麼地方？他聽著自己的叩門聲就像聽著遠處傳來的聲音。其實他只是去送一篇稿子給郁達夫，郁達夫收下了他的稿子。他們沒說上幾句話便結束了這次歷史性的會見。而我父親下山時心情躍然，他像一隻短腿的兔子連溜帶竄。他心裡想：郁達夫是多麼和藹，又多麼優雅，他的目光那麼溫柔。他想，爲了報答郁達夫的善待，他一定要努力，做一個好青年。然後，他又第二次去找郁達夫。我想，他是把郁達夫纏上了，就像歷代一切文學青年纏他們的偶像。我想，郁達夫從來沒對他表示過厭煩。我父親雖然沒有和郁達夫結成親密的關係，可也從未遭受過冷遇，這鼓舞了他在藝術道路上前進的信心。郁達夫是我父親青年時代一個溫暖而且詩意的紀念，他給我父親黯淡孤獨的島嶼生活帶去一線光明。

當我來到新加坡這島嶼，早已時過境遷，尋找父輩生活的遺蹟難上加難。武吉巴梳街已修整平坦，我家老房子更不知在了何處。這個國家日新月異，一層一層將過去埋葬，今日的樓房就是明日的廢墟。我想自從一八一九年萊佛士登岸，至今還不到二百年，新加坡卻已走完人類幾千年的文明史，它將千年的時間壓縮成百年，百年壓縮成十年。它迅速地消滅遺蹟，使人無暇回首。爲尋找父輩的遺蹟，我試驗了很多方法。我到博物館去，在博物館我看到一本中華書局印行的最新南洋華僑小學課本，封面上是兩個讀書的小學生，其中一個被畫上一副眼鏡，看上去面目滑稽。我想像這是父親的課本，封面上是他淘氣的手筆。我想，這是給予我父親文字啓蒙的教科書，使他學習漢字，開始了他寫文章的準備階段。我從博物館出來，坐在毗鄰的國家圖書館長廊裡，等待一個約會。眼前汽車如梭，高樓如林，這不是當年父親眼睛裡的景象。我極想哪怕只看一眼當年父親眼睛裡的景象，然而時光無法倒流。我叔叔對我進行補課的方法很奇怪，那就是吃水果。當我來到他家小住，他已爲我準備好一系列的水果，在廚房裡排著隊：紅毛丹、榴槤、西番蓮、芒果、芭蕉，熱帶水果奇異的香味充滿房間。我不停嘴地吃這些從未吃過的水果，吃完一樣，就又有新的一樣送過來。果汁染了我的手和衣裙，瓜皮果殼一大堆。這一個印象倒是深入肌膚，我由此想像那個瓜果滿坡、綠樹成蔭的早年的島嶼。我叔叔是個不讀書的人，可他崇尚知識，特別敬重我父親。我父親、我叔叔，還有死去的小叔叔，是三個眞正的不肖子孫，不肖的方法各有不同，給家中帶來的憂患無窮。我叔叔已年近七十，卻還在做工，他做工回來，洗了澡，光了膀子，打著闊大的芭蕉扇的情景，也有一種時光倒流的感覺。他黝黑結實的身體看上去很像一個海員，他看著我吃水果，要吃完這些水果簡直無望。爺爺奶奶，還有曾祖母也從牆上的照片裡看著我吃水果，他們一律表情憂傷，目光教我心疼。

父親從太陽地裡發燙的水窪上跳來跳去地走過，去報館送他寫的文章。我父親發表文章而起的筆名少說有幾十個，大都帶有濃郁的「新月」氣息，情調纏綿而浪漫。筆名也是他創作的一部分，這是每一個文藝青年的必由之路。我想，我父親當時已成爲這島嶼上，文藝青年圈內一個小有名氣的人物，結識了許多朋友。我猜想那時候的文藝青年也和如今一樣，帶有一些街頭青年的氣息。他們大都沒有固定的持久的工作，對物質生活興趣淡薄，他們有些不務正業的味道，高談闊論地走過街頭。他們經常聚集一處，舉行一些野餐加座談的活動，自由和平等是他們主要的話題。他們還稍稍有那麼一些男女混雜，愛情是他們又一個重要話題。他們都是些多情男女，小布爾喬亞情調很濃。他們在一起討論魯迅的《阿Q正傳》，也討論屠格涅夫的《貴族之家》。他們這一夥往往被政府視作社會不穩定因素，埋藏著顛覆的危險。這是我父親青年時期的歡樂景象，卻是以奶奶的憂患作代價。父親總是輕易地丟掉好不容易求來的飯碗，在那蕭條時期，找一個飯碗談何容易。從這點說，父親繼承了爺爺的秉性，那就是不顧家人。奶奶漸漸泯滅了對爺爺的指望，將這指望轉移到我父親身上，而我父親同樣辜負了奶奶的希望。最苦的是我奶奶，一個女人家，一生以丈夫兒子爲天地世界，而這個世界暗無天日。我想像她眼巴巴地等我父親送一些工錢回家，可父親要麼不回家，回家就帶來被解雇的消息。父親被解雇的原因有多種，總起來是不能恪守職責，他丟三落四，忘性很大。老闆還不能容忍他讀書的習慣。「書」這字的發音就像是「輸」，是不吉祥的徵兆。讀書的嗜好使我父親像一個災星，會給老闆的生意帶去霉運。寫文章也是一種不良嗜好，是有閒階級的消遣。在那些勤勉克己的老闆眼中，我父親總有些歪門邪道，是個沒出息的人。我想曾有過心底善良好脾氣的老闆，對我父親作過苦口婆心的勸戒，要他奮發向上，做個規矩的生意人，給爺爺奶奶帶來幸福，這些話對我父親如風過耳。

父親他們這些青年聚在一起，還有一個富有幻想色彩的話題，那就是大陸的傳說。像我父親這樣出生於島上的人來說，故鄉是抽象而渺茫的概念，他們對同鄉會館這一類組織一無興趣，故鄉緩解不了他們的孤獨與漂浮之感。而大陸的想像卻對他們是一帖良藥。大陸是廣義的家園，還迎合了他們的浪漫情懷。他們在心底裡和口頭上都迫切地向它認同，學習普通話是他們積極熱情的活動，這使他們說話有一股酸文假醋。他們以普通話討論文學藝術和人生的問題，這給討論增添了鄭重其事的氣氛。他們熱切地關心與蒐集大陸的消息，將那裡發生的事情看成是自己切身的事情。我想，在那個年月大陸傳來的大都是壞消息。辛亥革命早已過去，「五四」運動早已過去，壞消息接踵而來：國父孫中山逝世，日本占領東三省，南京大屠殺……，這使大陸染上了殉難的色彩，它在父親們的心中喚起深沉的痛惜之感。我想，痛惜之感是他們對大陸認同的最重要情感。他們聚在一起最常唱的歌曲，就是〈松花江上〉。「九・一八」這三個字痛入骨髓，那從未見過的大豆高粱地在他們腦海中是神奇的景色。他們唱到後來，總是淚流滿面。眼淚洗淨了他們的雜念，心情寧靜而曠遠。他們遙想著受著苦難的同胞，「同胞」這兩個字使他們親切異常，也使他們辛酸異常。這就是我父親這些青年對大陸情感的概貌。日本人侵略中國是我父親最強烈的大陸印象，這使他天生抑鬱的性格變得激昂起來。如不是日本人侵略中國，我父親對大陸的情感將永遠保持著溫婉，再加上一點柔和的感傷，而如今卻熱血沸騰起來。這對於我父親後來走上回大陸的道路是至關重要的一個情結。我父親是以島上馬來人和印度人的卑微處境來體味日本侵略中國。那時候，馬來人和印度人都是被欺凌的民族。他想，假如日本人占領中國，他們便也將淪落到馬來人印度人的地位。我想有一個時期，我父親分外憐憫馬來人和印度人，他口袋裡有限的幾個錢都送到他們乞討的手中，全然不顧我奶奶在家中等米下炊。他還有一度去學習馬來語，爲了同他們作交談。這有些像俄國民粹派到民眾中去的行爲，俄國批判現實主義小說也是我父親的必讀書。當他與馬來人印度人親近的時候，心中洋溢著酸楚的溫情，這其實是一種移情別戀。那時節，我父親的大陸情懷將他折磨得要死，他就像一個戀愛中人。我想，紅軍長征的消息傳來一定使他激動萬分，長征是一部悲情詩篇。二萬五千里的路途對我生長在島嶼上的父親來說，是個天文數字，風霜雨雪是神聖的煉獄。大陸眞是個神奇的偉大的地方，它的遼闊和壯美攫住了我父親的心，它具有古典的悲劇的美感，它具有層出不窮、波濤連湧的靈感。我父親對大陸的嚮往幾乎無可抑制，這是在他童年看海的日子裡播下的情種。

我想，話劇這樣東西吸引我父親的地方，一是藝術的形式，二是救亡的內容。我從一本得來不易的《南洋年鑑》上得知，新加坡的話劇事業正是在中國全面抗戰之時蓬勃發展。「年鑑」上記錄了父親他們的業餘話劇團公演《日出》的事情，還記錄了《日出》的導演吳天的名字。吳天是我父親不僅戲劇也是人生的老師，他對於我父親一生的命運都產生了重要的影響。吳天這人我也見過，在他淒涼的晚年，還對他作過一次順路的探望。他一生也是命運多蹇，歷盡坎坷，由他所影響的父親命運，也不知是幸還是不幸。他似乎是我父親與大陸之間的一座橋梁，引渡我父親回大陸。《南洋年鑑》上有他的名字使我很激動，這有一種考古發現證明的感覺。這本「年鑑」說起來也很戲劇性，是一位朋友從新加坡舊書攤上得到。書攤老闆說，這本書，不要的人連五塊錢都不願要，而我等了這麼多年，終於等到你這個想要的人，所以你必須付二百元錢。二百元錢是個不小的數字，尤其是在新幣堅挺的今日。可我朋友還是不猶豫地買了下來，他覺得那老闆的話有一種「久旱逢甘雨，他鄉遇故知」的心意。這本「年鑑」是一九五二年出版，紙張發黃且脆，已經走過很多的路程。扉頁上蓋有「南洋商報贈閱」的圖章，受贈者當是一名報人、撰稿者，或是一名熱心報業的資助者。接下來有紅筆寫道：一九六九年七月二日，以一元五角錢在某街舊貨攤上購得。這是誰呢？同樣的紅筆在「年鑑」中多處作著記號，尤其在「話劇」這一欄中，幾乎畫滿了全篇。在每一個人名底下，他都款款情深地畫下紅道，無一遺漏。我想他一定也是劇團中人，這些全是他的同仁，說不定就是父親的熟人一個。他讀著這些舊人的名字，在精神上作一次快樂的聚會，紅筆所到之處，便是一次敘舊與握手。我猜想這人已經辭世，這本「年鑑」又一次到了舊貨攤，這使「年鑑」有了一副飄零的面目。話再說回來，我不知道我父親是如何贏得了吳天的喜歡，他和吳天的師生之情持續有半個世紀之久。我想父親他起先在業餘話劇社擔任了一個打雜跑腿的角色，然後他對話劇的熱情和領悟能力吸引了吳天的注意。在這同時，父親他經常見諸於報端的文章和更新頻繁的筆名也吸引了吳天的注意。他對這個肩膀瘦削、臉色黝黑、表情木訥的青年，起心底生出一股父愛般的喜愛，有心吸收他參加話劇社。那時候，話劇社成了我父親的家，他沒事就往劇社跑。他還特別熱中於在演出的後台跑來跑去，這有一種參與的快感。他賣力地幫助舞台裝置工人搬運布景道具，催促群眾演員上場，有時也上去跑個龍套。他站在台側幕條後面看著舞台心情激動，燈光輝煌，照亮了他黯淡的心。劇情展開另一個世界，使他忘記了生存的現實。他還喜歡在落下幕後空曠無人的舞台上走來走去，這空曠有一種大陸的感覺。

我父親的這一個成長時期，是我爺爺奶奶家的慘澹時期。我奶奶幾乎永遠處在懷孕、分娩和產後失調引起的流血不止的循環中間。我爺爺無休止地罵人。我父親從來不回家。我奶奶不知道我父親在做些什麼，只是無緣無故地感到心驚。她覺得我父親和別人不一樣，不由有一種大禍臨頭的感覺，她整天惴惴不安的。鄰人傳來我父親粉墨登場的消息更教她覺得不祥。我想她曾經去尋找過我父親幾回。她匆匆走在暑氣蒸騰的騎樓下面，胸口壓著磨盤大的心事。她為我父親擔的心，父親他永遠不會知道。奶奶她一生都在擔心、擔心，她沒有一點點快樂。這時節，我的叔叔和小叔叔都已長成少年，他們一黑一白，一動一靜，叔叔一點書也讀不進，小叔叔則一讀就進。小叔叔長得出奇地白皙秀麗，這是這熱帶島嶼上少有的情景。他的白皙清秀給所有人留下不滅的印象。這孩子在我們家的出現似乎是一個異相，我奶奶不知是凶是吉。他是那麼安靜、乖覺，與頑劣的叔叔形成對比。而他最終給予爺爺奶奶的幾乎是毀滅性的一擊，他是我們家永遠的傷心事。我奶奶曾經給小叔叔算過一命，她從算命先生手裡接過小叔叔的寫在紙上的命，也是走在暑氣蒸騰的騎樓下面。算命先生的話聽來十分費解，他說小叔叔是個貴命，像爺爺奶奶這樣的家是留不住這高貴的命的。這話不敢往深處想，奶奶她心中愁雲密布。她想，難道一個不回家還不夠，還有一個也要不回家？這些年的日子我不知奶奶她是如何熬過，天氣又那樣炎熱。爺爺、奶奶，還有曾祖母都瘦成了人乾，一副心碎的樣子。

由業餘話劇社組織馬華巡迴歌劇團到馬來亞巡迴演出的時候，我父親是十六個成員之一，除去演職員的工作外，還負責宣傳。他是歌劇團的筆桿子。這次巡迴馬來亞演出是我父親青年時期的一個重要事件，也是他最快樂的日子。從他當時寫作的《征程記》中可以看出他自始至終情緒高漲，心情愉快。年輕人聚在一起總是令人高興的事，再加上出門遠遊。我為我父親有過這段快樂時光心生安慰，這緩解了他的孤獨之感。這還是我父親有生以來第一次離家，就像是一次演習，不久他就將正式離家，一去不回。巡迴歌劇團出發前的歡送場面盛大熱烈，這是當時演劇界的大事，《南洋年鑑》也記載了這一次行動。歡送儀式提早兩天就開始進行，各種會社、會館都前來參加。是抗日這一樁事，將大家集合在了一起。我想，提議並組織這次活動的重要人士之一，是吳天，他以巡迴歌劇團負責人身分出面召開記者招待會，關於組織行動的意義和目的作了發言。在出發前一天的歡送會上，又是吳天致歡送詞。因此我想，我父親參加巡迴歌劇團當是吳天的推薦，他給了我父親一個鍛鍊的機會，也給了我父親一段快樂時光。我還猜想吳天是一名活動在地下的馬來亞共產黨成員，他在我父親身上看見了革命的種子。他們在南亞潮濕悶熱的夜晚裡作過許多次眞摯長談，他還借給我父親《共產黨宣言》、《沒有地址的信》一些書籍。另外，蘇聯的戲劇大師史坦尼斯夫斯基大約也是他輸入給我父親的。我設想馬華巡迴歌劇團出發之前，吳天還單獨地給我父親送行。他告訴我父親大陸軍民奮勇抗戰的可歌可泣故事，還告訴我父親孤島上海也正作著奮爭，他說了文化人如何以筆作槍的戰鬥方式，談到喚醒民族靈魂是最重要的事情。由此他們談到了藝術的永恆的人道性，這令他們師生兩人都激動不已。這是一個難以忘懷的夜晚，即將遠行使我父親情意纏綿。這一夜他當是在家度過，聆聽著爺爺的謾罵和奶奶的嘆息，這一切竟使他覺得難言的親切。這也是一次告別的演習，永遠的告別很快就要來臨。這一夜我父親睡在家中應當回想一些往事，那些讀書的日子，做工的日子，騎自行車的日子，還有看海的日子，湧到了眼前。回想往事使他尤感酸楚，心中掀起了波瀾。在這樣的夜晚，憂傷卻是一種享受，充實了他情感的行囊。南亞的潮濕夜晚的街永遠帶著抑鬱的表情，騎樓投下陰沉的暗影，骯髒的紙屑菜皮在地上黏滯地移動，魚鱗貼在地面上，閃著油膩的光。眞是教人抑鬱啊！

一九三八年馬華巡迴歌劇團的名單教我很感興趣，原因是那些女孩的名字。她們的名字是：玲玲、麗麗、玉玉、呢喃、娜娜。這全是有點像鳥的啁啾一樣的名字，還有點像花的名字。我想她們一定都很嬌嫩，也很活潑，給漫長艱苦的巡迴生活增添了許多生氣和情趣。她們還都像花一樣受到男孩們的保護，男孩們在她們身上紛紛體現出威武豪俠的騎士風度。我不知道這其中會不會有一個與我父親關係特殊，所謂「紅顏知己」的那一種。我隱約聽說父親回大陸時同行是一位女伴，後來她犯了小資產階級的軟弱動搖病，與他分道揚鑣，這是一段革命浪潮中最常見的男歡女愛故事，帶有通俗化的傾向。我假定這個女伴就是巡迴歌劇團中的一個女同志，她是我父親青年時代最溫柔似水的瞬息，安慰了他孤寂的島嶼之心。想到這點，我心生歡喜，這想像掃除了潮熱南亞的抑鬱表情。我想，青春總是好東西，無論何時何地。再苦悶的青春也會生有一點希望，因它畢竟是較爲成熟的生命，不像童年那樣軟弱無力、心智蒙昧。青春還是較爲獨立的生命，它初初擺脫了依賴，獲得一些自由。我聽父親說做小孩子是不幸的，卻從未聽他說做青年也是不幸的。我父親是那種青年中最爲典型的青年，離家遠行是一個最重要的特徵。我讀他寫的《征程記》，見他將出發那一日的情形寫得非常熱烈。他將一些簡單的記事以分行的形式寫下，使它們看上去有些像詩，比如：

搬好了道具，又分配團員去搬布景。

一切都弄好了，又分配團員去搬雜物。

一共是四輛車：一輛車運行李布景雜物，三輛由團員乘坐。

幾乎有一些現代詩的味道了。我看這一日的記載，覺得其中埋藏有一個預兆，它好像不僅是一個短期旅行的出發，而是對一次永遠離去的告別。當寫到汽車發動時，有這樣一句：「在這一剎那間，別了！望著羅敏申律（路）的建築物慢慢地向後消失，望著送別友人雪白的手巾在空中飛舞。」這樣誇張的寫法，我並不以爲是一種年輕人的矯情，而是受到預感的暗示。我想，這一刻，離情別緒驟然間湧上父親心頭，洶湧澎湃，這是一股眞正的離家遠行的心情。他心想：也許我再也見不到你了！「再也見不到」的念頭一旦湧上便再也抑止不下。「別了」這兩個字，就是在此情形下由衷地寫下。還有，羅敏申律（路）的建築慢慢消失的情景，很有些像輪船離開碼頭，輪船駛去，羅敏申律（路）的建築漸漸地沉入水平線，海水湧上天際。送別友人雪白的手巾又使我想起五色的彩帶，掙斷之後繽紛地飛舞。總之，這一刻離別的情形已經注定了三年之後我父親一去不回頭的遠行。一九三八年，馬華巡迴歌劇團是從柔佛海堤去往馬來亞。半個世紀以後，我從新加坡去馬來西亞，也是走的這條海堤。這條海堤又細又長，從柔佛海峽伸延而過。這條海堤還刻有最最傷心的紀念，永世難忘，那就是日本人登岸。這時，我父親他們唱著歌快樂地從上面走過，團旗在車窗外迎風飄展。

一九三八這一年是世界大動蕩的前夜。德國占領奧地利，墨索里尼進攻法國，慕尼黑協定分割捷克斯洛伐克，德義日三國起意簽訂軍事同盟……。這一年的世界眞是亂糟糟，人人野心勃勃，見利忘義，是一個卑鄙下流的時代。太平洋的島嶼還處在寧靜之中，南亞的太陽熱辣辣、懶洋洋。慘劇其實正向它們一步一步走近。那個戰爭狂人東條英機這一年裡兩次擢升，第一次爲陸軍次官，第二次爲陸軍航空部部長，正朝著東條內閣的出場走近，將製造太平洋上的慘劇。上海這城市也處在孤島的寧靜之中，夜晚歌廳裡飄出「薔薇薔薇處處開」的靡靡之音。這城市後來成爲這悲慘戲劇中的舞台之一，許多情節在這裡上演。一九三八年的上海我無從揣摩，「八．一三」的砲火在眼瞼上留下血的光影，爲孤島的寧靜染上一層不安的色彩。漢奸組織的「大道市政府」正式直屬南京「維新政府」管轄。與此同時，中共江蘇省委文化工作委員會開辦了社會科學講習所，在此基礎上創刊《學習》雜誌。我想，這是暗夜中的愛國青年的一盞明燈，它一定也照耀了遙遙太平洋島上的我父親，並吸引著他前往。講習所負責人之一是王任叔，他在抗日時期幾度來往於上海和新加坡之間，宣傳抗日救國。《學習》編輯部還經常摘編新加坡《南洋日報》的文章，這都證明了《學習》和新加坡有著一種相當密切的關係。因此我不排斥父親的去上海也是受到《學習》半月刊影響這一可能性。我還應當提到由德國共產黨員、蘇聯大間諜佐爾格領導的拉姆扎小組。一九三八年是拉姆扎小組工作緊張的一年。日本陸軍部東條英機挑起了武裝入侵蘇聯遠東地區的張鼓峰事件，再加上截獲的種種祕密文件，拉姆扎小組得出了日本正積極準備武裝入侵蘇聯的結論。這時候，佐爾格最重要的助手尾崎秀實博士正住在上海日租界虹口區山陰路一帶，他以他近衛首相私人顧問的身分爲佐爾格提供的情報都是最機密最可靠的，這也使他處境危險。五十年之後，他的兄弟尾崎秀樹，一位日本文壇著名的評論家來到上海，他穿著和服和木屐，背著手在他哥哥曾經居住的山陰路默默地徘徊。

其時，我父親正走在他青春的歡快的旅途上。他們所到之處，都受到了熱烈的歡迎。他們演出《放下你的鞭子》一類的抗日救亡活報劇，一邊作演講並且募捐。他們在巡迴路上還不斷趕排新戲，並學習地方土語，以方言演劇。戲劇常常是在激烈的掌聲和口號中落幕，台上台下歌聲一片。我父親受著戲劇的感動和教育，他認爲戲劇是理想與現實最完美的結合，是詩情和責任的最人道的結合。在南季候風的烈日炎炎的馬來亞土路上，兩邊是茂密的芭蕉和棕櫚，他們嘴唇上起著焦皮，眼睛卻像星星樣明亮清澈。他們懷著苦行僧一般的克己濟世的心情，他們自律極嚴，每天都要檢討當日的工作與紀律。他們拚命地工作，極少地睡眠，並且團結一心，克服小心眼之類的不健康風氣。他們的演出有時在影院，有時在戲館，還有時在露天的太陽和大雨中。露天演出有一股悲壯的氣氛，風雨莫測的天空作了背景，日出日沒，風來雨來。尤其當烏雲壓頂，雷聲滾滾而來之時。在我父親寫作的《征程記》中，從頭至尾沒有流露出絲毫的疲倦之感。他們一直精神抖擻，鬥志昂然，而且非常快樂。他們巡迴演出的路線是從南到北，然後渡海到檳城。後來我也這樣縱貫馬來亞，直至檳城。我們坐的是出租汽車，路邊多是油棕和芭蕉，熱帶風味盎然。我和我父親相隔了五十多年走這一條道路，他們的羅厘車隊伍在眼前影影綽綽。塵土飛揚，隔斷了視線。他們在檳城結束了全程，然後乘船直抵新加坡。他們的船當是在馬六甲海峽行駛，走著鄭和太監的道路。他們聚在甲板上，海鷗撩亂的翅膀在他們眼前飛翔，海風將他們的衣衫鼓成船帆一樣。他們的心胸開闊起來，充滿對未來的憧憬。巡迴歌劇團還有最後的快樂一幕在歡迎的碼頭舉行。他們全成了凱旋的英雄，被人群包圍，觀者如雲。這是我父親永遠難忘的景象，對於一個青年來說，是輝煌的殊榮。他們應當被人扛在肩上走過烈日炎炎的街市，然後才將他們放下，讓他們各自回家。回家的路上不由地有一種人意闌珊之感，我父親心情落寞，快樂陡然消失。他走過黏濕骯髒的小街，頑皮孩子奔跑在水窪裡，污水濺了他的衣衫。疲憊一下子攫住他的身心。

我設想回來的最初幾日父親全是在沉睡中度過，他要將多日來的疲勞抵消。睡眠還是迴避現實的好辦法，他什麼不想，什麼不看，鼾聲震天。我父親的睡眠帶有一股消沉之感，他好像萬念俱灰。他還有一種極其強烈的臨時觀念，他覺得這次回家不過是漫長旅途中的一次不得已的擱淺，於是他按捺不住情緒煩躁。睡眠也是緩解煩躁的好辦法，尤其當暮色降臨，晚風習習的時節。在他回來不久，北季候風來了，雨季也來了，雨點打在芭蕉上噼啪作響。這是我父親睡眠安寧的時分，他有一種嬰兒憩息在母腹的安全與靜謐。這是我父親與爺爺奶奶最後的親近的日子，永別即將來臨。在我父親巡迴馬來亞歸來，又一頭扎進無日無夜的沉睡，他全然沒有注意小叔叔的成長。我父親是生於家道興旺之時的長子，在家中地位尊貴，被曾祖母視爲掌上明珠。她不許我父親叫爺爺奶奶爲父親母親，只許以叔嬸稱呼，表明爺爺奶奶不夠作高貴孩子的父母。這養成我父親大少爺的驕矜之氣，弟弟妹妹全不放在他眼裡。在外他學習做俄國民粹派青年，到勞苦大眾中去，戒驕戒躁，在家他作風卻不怎麼樣，有點唯我獨尊。弟弟妹妹對他心懷敬畏，不敢接近他。而他終日不回家，回家也是忙忙碌碌，表情重大，一副重任在肩的樣子。這時，他完全沒有注意到小叔叔的變化。小叔叔已長成一個緘默的寧靜的少年，他的眼睛就像暗夜中的星星灼亮地閃爍。他默默地關注地看著我父親，他一眼就把我父親猜透。我想，小叔叔總是在夜深人靜的時候走近父親，他心中很奇怪地對我父親生出一種兄長般的憐愛之心，他久久地注視他，然後出其不意地微笑一下。這是一種成人的微笑，一下子驅散了他臉上所有的稚氣，還使他帶有一股哀傷之感。我父親直到很久很久以後才知道，小叔叔已經成為馬來亞共產黨的一名年輕黨員。

我永遠無從知道小叔叔的形象了，人們都說他又白皙又英俊，而他又是那麼年輕勇敢。他讀書讀得很好，老師總是誇獎他。沒有人知道他是如何接受了共產主義教育，又是如何與馬來亞共產黨有了接觸。他的同伴幾乎全部離散，有的死於日本憲兵的槍下，有的離家遠行，還有的鑽進馬來亞的北部叢林，一鑽就是幾十年。有一個還在新加坡，在大排檔上做一名小販，賣炒河粉和魚片粥。小叔叔的墳墓在齊腰的荒草叢中，沒有墓碑。他沒有留下一點點痕跡，要去追尋他我深感渺茫，這渺茫增添了傷痛之感。我想，像我小叔叔這樣美好的孩子來到世上，似乎就是爲了給這世界毀滅的痛感。誰家有好孩子，誰家便有了不幸。他們使人心痛如絞，永遠不能釋懷。我在家中，父親總是小叔叔長，小叔叔短；我來到新加坡，叔叔和姑姑又是小叔叔長，小叔叔短；我去馬來西亞檳城，打小離家的大姑竟也是小叔叔長小叔叔短，人們一無二致地承認他是家中最優秀的孩子，幾十年來沒有改變。我不由要想，當年他是如何教爺爺奶奶傷心欲死，肝腸寸斷啊！小叔叔是我們家永遠的不可消亡的痛楚，他在我們家所有的不幸之上製造了壓倒一切的不幸，使我們家籠罩在永遠的哀傷之中。我走過一九六七年落成的巨大的抗戰紀念碑下，我就好像看見一個英俊無比的青年背向我而前去，在新加坡霧氣很重的陽光下消失。這紀念碑上銘刻著小叔叔無名的名字。在日新月異千變萬化的新加坡，這紀念碑挽留了過去的年月，使這年月的慘痛回憶，全化作混凝土般堅實的存在。這紀念碑是這國際化國家最富情感的建築物，它向我們投下溫柔和哀傷的陰影，它是我在這島嶼上所能尋找到的一個安慰，安慰小叔叔給爺爺奶奶帶來的傷心。我離開紀念碑朝著繁華似錦、行人如梭的武吉路走去，我的腳下踩著二百年的廢墟之上的街市，陽光透明。多少無形的影像在這透明的陽光中飛翔，交叉而過，穿過我的身心，重重疊疊。我只能在無形無影的空氣中與我的小叔叔親近，去安慰他，這眞是痛入骨髓啊！

新加坡第一位總理，著名的李光耀在一九六九年的一次對選民講話中有這麼一句：「三四十年前，共產黨人在一些華人中學建立他們的小組。」推算下來，那正是小叔叔在校讀書的時代，想來，這就是他和共產黨發生聯繫的機會所在。共產黨選擇華人中學發展力量，是因爲這島嶼上的華人幾乎無一不是強烈的民族主義者，而年輕的華人又無一不是捨生忘死純潔勇敢的戰士。一九五〇年李光耀在《馬來亞論壇》發表對於馬來亞前途的演說中，說：「當前，很清楚，組織起來迫使英國人離開而管理這個國家的唯一政黨是共產黨。」這使我們可以想像，當年共產黨是以什麼樣的理想去喚起我小叔叔那樣年輕的心。

我想，這些共產黨人向我小叔叔他們描繪著獨立自主的圖畫，還有共產主義的良辰美景。自由平等的觀念總是能夠吸引貧弱的人們和浪漫的人們，這兩項條件在南亞小島的青年身上，幾乎全具備了。而目光遠大的李光耀後來也正是以共產黨人的理想集合起民眾，登上政治舞台，緊接著再來一個調包計。我想，我小叔叔是和我父親完全不同的兩種人，他生於我們家貧寒之際，睜眼便是淒涼的景象。他不像我父親那樣有世態變遷之感而深懷憤懣和壓抑，對這個家庭永遠抱著極其惡劣的心情。我父親是採取不回家的粗暴又怯懦的方式來對待這個家，戲劇藝術是他的逃遁地。小叔叔生來便對我們家抱著憐憫的溫存情感，他是那種特別溫柔善良的男孩，沒有一點點粗魯與暴劣。他面對著罵不停口的爺爺和累彎了腰的奶奶，就總是心疼。我想，他常常在深夜裡作著報答養育之恩解救爺爺奶奶的美好計畫。這些美妙的憧憬使他眼睛發亮，心跳不已。可是這些計畫在天亮之後的炎炎日頭下全煙消霧散，使他沮喪地低了頭。他走在街上，看著人們腳拖木屐，汗流浹背地匆匆行走，他難過得幾乎要哭，他覺得人眞是不幸。小叔叔是比我父親現實而少空想的孩子，比如說，他的數學和國文一樣優良；再比如說，他沒有看海的習慣。漂浮的島嶼之感體現在他身上是更爲具體的情景，那就是這一幅辛勞的、黯淡的、貧弱的、卑微的街市圖畫給予他的不幸之感。他想，這島嶼上的人們多麼可憐啊！他忘記了他自己的不幸：貧窮的家境和壞脾氣的父親；他的心裡全是別人的難過。他背著書包上學下學，或者拿著米袋去買米，踩著地上發燙的污濁的水窪，心裡漲滿了這種憐憫之情。小叔叔的目標是比我父親更爲具體現實的目標，也更具有操作性。而我父親的目標則比較空泛縹緲，更具精神化特質。因此，他在行動上顯得有點像一隻無頭蒼蠅，亂撲亂闖，張張揚揚。這也是後來他比眞正的共產黨人更先引起政府當局注意，而發出祕密通緝令的原因。共產主義理想總是吸引那些最好的孩子，共產主義的理想是天上奇觀，它引動了所有的好孩子的心。小叔叔總是按時回家，誰也不知道他在什麼時候和共產黨人進行接觸。我猜想他是在夜深人靜，才悄悄推門出去。這時候，露水下得像一場小雨，轉眼間濕透了他的頭髮和衣衫。他走在已經收市的小街，呼吸著帶了油煙味的空氣，心裡特別寧靜。他對這個沉睡的街市生出說不盡的親愛之心，他就像一個戀人似地作著要使它幸福的山盟海誓。他的裸著的腳走過潮濕溫熱的石塊街面，就好像是愛撫。我小叔叔走著走著，還非常孩子氣地跳躍一下，木屐在街面發出清脆悅耳的聲響。他在最後一陣露水之中回了家，他輕盈得像一片樹葉，躺到了床上。沒有人發覺他的出去和回來，他的行動就像一個夢境，還像一個神話中的美麗的做好事的精靈。

我想，小叔叔曾經去看我父親他們演出《日出》，他很耐心很安靜地等待我父親登場。他一眼就將我父親從一大群跑龍套的角色中辨認出來，心懷欣喜。當謝幕時，他也和熱心的話劇愛好者一起擠到台前，再睹我父親的風采。他希望我父親能看他一眼，我父親明明看見了他卻裝作看不見，可心裡卻得意無比。他從來不正眼看小叔叔一下，爲保持他兄長的威嚴，這種作派是爺爺的傳統。我想，他們兄弟二人，一個台上，一個台下，心裡都是暖融融的，還都有點羞怯。而此時此刻，小叔叔心裡又生出一股兄長般的憐愛，然後就退出劇場回家。父親的場面總是熱鬧非凡，喧騰非凡，而小叔叔則是靜悄如夜，一夜之間，共產黨的宣傳品便遍及全島。我想，小叔叔他們那陣子的工作內容相當複雜，他們既反對英國統治，又反對日本侵略中國，凡是強權霸權全是他們鬥爭的對象，他們企圖建設一個人間樂園。日本和英國的關係還處在微妙階段，立場尚未揭曉。我父親和我小叔叔在這一個未明的局勢下作著他們各自的努力，說起來帶有盲目與徒勞的悲哀。可他們必須做點什麼，才可消除他們毫無二致的深入骨髓的漂浮之感。當他們在工作的時候，才可感到心中踏實。李光耀這一個頭腦冷靜實用、全無浪漫之心和感情用事的人卻說過這麼幾句令人傷懷的話，第一句是：「我們生活在世界上一個危險的部分。」第二句是：「有些人能置我們於死地。」我以為這兩句話是清醒而傷心地描繪了這島嶼的最好說法。危險，這便是我父親與小叔叔他們心頭創傷的來源。這話裡有一種不由自主的宿命氣息，這概括了南亞島嶼的悲慘命運。我父親和小叔叔是李光耀的同時代人，同樣投身於社會活動，可他們沒有走李光耀那樣的清醒而有效的政治家道路，我想一是性格的原因，二是教育的原因，三是時間的原因。我父親和小叔叔全是熱血性情中人，這也是家族的遺傳。他們生性都帶有一種容易激動、情之所致的氣質，他們都還有些詩意的氣質，富於理想。這種性情在爺爺身上表現爲喜怒無常的壞脾氣，在我父親身上則是熱中於戲劇，於小叔叔是溫存的憐憫之心，而在於另一個叔叔，則成爲一個敗家的浪蕩子面目。他們都是那種如水漫流、無拘無束的人，他們具有無端的火焰般的熱情，足以燒毀自己和他人。這是一種悲劇性的氣質，他們前赴後繼地寫下我們家的傷心史。我想，這種氣質來源於漂流的處境，他們剛剛離開家園，遷徙的驚慌無措還沒從他們的表情上徹底消失，他們心情浮動不安，深感孤獨寂寞，強壯的生命力處於無所適從的盲動的狀態。而李光耀家族卻是這島嶼上最久遠的家族，有一百多年的歷史，他們客家人的出身使他們比誰都適應遷徙的漂流生涯。他們的祖先從北到南橫穿大半個地球，冰霜雨雪，烈日酷暑，他們全不在話下。這是李光耀穩定性格的來源，這還是他適者生存的實際頭腦的來源。教育的原因是後天的原因。李光耀接受的是英語教育，這不僅培養了他清醒、冷峻、嚴謹的入世方式和議會政治觀念，還使他有機會與他生長的島嶼拉開距離，擺脫情感色彩濃郁的民族主義立場重新審視世界。而我父親和小叔叔全是讀的華校，他們在封閉孤獨的華人集團中，接受了熱情洋溢的民族主義思想和人道主義精神。他們胸中都有一個不可釋解的大陸情結，忘不了他們血骨的源流。這使他們義無反顧地投入激情湧動的鬥爭事業，爲虛幻的天堂景象所吸引。李光耀所看見的景象是比他們弟兄都更眞實也殘酷的，他後來徹底拋棄了在地球上創建天堂的天眞幻想，他十分痛心地說道：「我們擔負不起。」這是他所說的傷懷的第三句話，說這句話時，他已經成爲一名成熟的政治家，而我父親和小叔叔早已一個出走一個亡命，這就是我要說的他們所以走上不同道路的第三個原因：時間的原因。我父親和小叔叔沒有獲得足夠的時間成熟起來，去看清太平洋島嶼的生存狀態。我父親早早地離開島嶼，來到大陸，而小叔叔他來不及長大，來不及長成一名成熟的男子，便已葬身日本憲兵的屠刀之下。這個島嶼後來既不是按我父親和小叔叔所幻想的方式，也不是按狂妄的日本或者英國所企圖的方式，而是按照李光耀的方式生存的。李光耀的方式是前兩種極端的方式之間的一種，他取妥協與逼進兩種手段而實現。他是在大國均勢中保持獨立的方式，小叔叔他已經來不及去了解並諒解了。

再說父親從馬來亞巡迴演出歸來，就墮入了一個極其低沉的時期，這是一個情緒高漲之後的必然過渡時期。有一段他無所事事，好像失去了目標。我想這段時期是自一九三八年八月直到一九三九年初，足有半年時間。父親在街上遊遊逛逛，特別像一個問題青年。他甚至帶有幾分頹廢的氣息，留了長髮。他還很熱中於和女朋友糾纏，變成一個愛情至上者。總之，一個青年在低潮時期具備的所有現象，我父親都一一經歷了。但在此時期，有一個兒時的習慣卻忽然從沉睡中醒來，那就是看海。我父親又開始騎著一輛舊自行車，去到海邊。他又一次感覺到沉浮無定的島嶼之感，就好像乘在一條游動的鯨魚背上。我父親望著海天一色的無邊無際的世界，深感生命的渺小與茫然，日頭劈頭蓋臉照著他，風也劈頭蓋臉地吹著他。他的心忽然被一陣狂喜攫住，簡直心花怒放。他不知道這一陣狂喜從何而來，但知道一定事出有因。這陣狂喜如風即逝，轉眼間無影無蹤，可卻留下了不滅的印象。我父親從身心深處感受一個不知是凶是吉的預兆，這其實就是離家遠行的預兆。這段低沉無所事事時期是以一件歡喜的大事爲結束的，那就是武漢合唱團來到新加坡。《南洋年鑑》上也記載了這事，顯見得這是新加坡戲劇生涯中一件影響深遠的大事。他們說是合唱團，其實也是話劇團，最重要的是，「年鑑」上寫道：「此時期『業餘劇社』曾與『武漢合唱團』聯合公演《前夜》一劇。」這是自我父親從馬來亞回到新加坡後頭一件使他興奮的事情，我想也是一件影響他命運的重要事情。武漢合唱團來到新加坡之前幾天，我父親他們就已接到消息。我父親有一種奇怪的感覺，他覺得這好像是他很久以來就在等待的一件事情，有一種透心的稔熟和親近，他既興奮也很平靜。當他來到合唱團抵達的碼頭去參加歡迎時，他還有一種陡然成熟的感覺。他感到他一下子變得精神穩定，目標明確，是個眞正的成年人了。他還對碼頭這地方生出一股異樣感動的心情，他想，這地方多麼教人高興。輪船從海平線上出現，漸漸清晰的情景簡直如夢如幻，迷人心竅。武漢合唱團來到新加坡之後，我父親有事幹了。他從早到晚跟著他們，從他們下榻的會館到演出的劇場。劇場就像他的家似的，他一到那裡便身心自如。業餘話劇社與武漢合唱團合演《前夜》的日子更是忙碌的日子，大事小事沒個完。我父親帶了著迷的表情忙著這些，忘記了一切。

我想，武漢合唱團是我父親所看見與接觸的第一個來自大陸的戲劇團體，他們爲我父親帶來了陸地的氣息。武漢合唱團來新加坡的日子，是島上戲劇人士的節日。他們舉行了各種各樣的討論會、座談會、輔導會、交流會，使這商埠充滿了藝術的氣氛。他們還帶來大陸抗日的消息，那都是可歌可泣史詩般的場面，攫住了我父親他們的身心。他眼前出現了他從未見過的青紗帳，一望無際，火海一般，他感到心被燃燒起來。他覺得這燃燒其實在很久以前就播下了火種，幾乎與生俱來。這燃燒就好像是一種釋放，他的生命源流、青春熱情、藝術人生的理想，如早晨的太陽，噴薄而出。他明白他要去做什麼了。

我從資料上得知，一九三八年成立的馬華巡迴歌劇團本來還打算去大陸演出，因爲經費和聯絡上的問題，後來沒有成行。這就像一顆沒有發芽的種子，留在了我父親的心頭。這也是我父親二十年的人生中，第一次觸及「去大陸」這個題目。可大陸於他幾乎遙不可及，還有些虛無縹緲，就好像海市蜃樓。然而，去大陸又好像是我父親一生的等待，從他兒童時節看海的日子就開始，這是一種帶有單戀意味的相思。現在，大陸在他浩淼無邊的相思中漸漸浮起，煙霧婆娑。我想，吳天是個神祕的人物，他悄無人知地往來於新加坡和大陸之間，一會兒消失，一會兒出現。尋找吳天，也是我父親在這一時期的一件重要的事情。我父親揣著一種不安又期待的心情，在南亞潮濕炎熱的石頭街道上走來走去，步履匆匆。連他自己都不知道找到吳天要做什麼，他好像受著本能的驅策，要尋找吳天。他的眼光從街邊的店鋪搜尋而過，從騎樓下的行人間搜尋而過，每一個與吳天略有相似的人他都要停下腳步看個仔細。他有時還會認錯人，他激動地奔上前去，拖住人家的膀子，以爲找到了吳天，結果遭來人家的側目。找不到吳天他惘然若失，他盼望吳天也像情人盼情人。當他望斷秋水，終於盼來了吳天，眼淚幾乎哽住了他。吳天的出現總是很平凡、很隨便，好像昨天才剛見過面，這卻更增添了他的神祕。找到吳天，我父親心裡就好比一塊石頭落了地，無比踏實，吳天給他陸地的感覺。我父親覺得消失之後重新出現的吳天，有一種說不出來的異常。他身上有一種奇怪的陌生的氣息，好像是太陽下乾草堆的氣息，又好像是火炕上乾土的氣息。吳天每次出現還都帶來一些新鮮的口頭禪，口頭禪也帶有北方的太陽和火炕的氣息。吳天出現的日子是我父親心情平靜的日子，他有些糾纏似地成天跟隨著吳天，這給他和吳天都帶來了可疑的痕跡，引起了注意。吳天再度消失，使我父親陷入失戀般的絕境，於是，尋找吳天又從頭開始。一個青年穿著短衫木屐在潮熱的街頭尋找吳天帶有絕望的色彩，還帶有哀婉的詩意。南亞的太陽照著他，他流著汗，路邊的炒鍋爆出油煙，熏著他的眼睛，污水在他腳下街面的石縫間流淌。他執著地走過一個店鋪又一個店鋪，一排騎樓又一排騎樓。中國人、馬來人、印度人，向他迎面而來，他們全帶有被太陽灼傷的疼痛的表情。印度人向他伸出乞討的手，汗水和淚水模糊了他的眼睛，所有人的面目都模糊了。他擠過摩肩接踵揮汗成雨的人群，陽光像烏雲一樣籠罩著街道。這是傷心的場景。我想，這就是著名的李光耀所說的：「來自他們父親和祖父的故事。」在我父親尋找吳天的路上，父親和祖父的故事撲面而來。我父親心中生起痛如刀絞的悲憫之情，他在心裡溫柔哀傷地哭泣著。這便是一九三九這一年。

最後促成我父親去大陸的一件事，是在一九四〇年發生的。我父親積極參加抗日活動，靠攏左派分子，使他看上去像一個名副其實的共產黨人。他具備危險分子的一切特徵。我想，警察局一定對我父親感到困惑不解。哪一個帶有共產主義氣息的場合都少不了我父親積極活躍、跑東跑西的身影，然而如他這樣坦然不加掩護，又不像一個祕密黨人的行徑。他們還反覆考察我父親的言論行爲，覺得他的熱情於一個共產黨人來說有過之而無不及，可他的思想卻顯然缺乏嚴密的組織觀念與鬥爭策略。我想他們對於要不要把我父親列入逮捕名單一定費了不少腦筋，大概沒有人像我父親那樣難以判斷是共產黨人還是不是。我還想，在這同時，吳天他們也對吸收不吸收他加入組織而反覆討論，他的熱情實在令人感動，可他的自由主義行爲方式卻使他大大違反祕密工作的基本原則，他們對我父親處於長期的暗自的考驗之中。使警察局最終將我父親列入逮捕名單，我猜想是因爲，他們覺得無論我父親是不是一個眞正的共產黨人，卻一定是一名危險分子無疑。他的那種熱情與活力，對於煽動社會不安定的情緒，有著可怕的能量。這樣的人，還是及早關起來爲好。大逮捕開始的時候，島上充滿恐怖的空氣，警笛淒厲地鳴響，人人驚慄。這是一個悲哀的時刻，使這島上的艱難生計更增添了動蕩不安。我的爺爺奶奶眞是受盡了恐怖和憂患，不幸什麼時候才到頭？而當大逮捕的消息傳來時，我父親卻陡地鎮定下來。他似乎剎那間明白了他要做什麼，他變得目標明確，意志堅定。他穿上一件短衫，就上街去找吳天。這一回找吳天與以往不同，他知道他找到吳天了要做什麼，也知道應當去哪裡找吳天。他腳步沉穩表情從容地逕直走在街上，街上行人他視而不見，陽光竟然給他奇異的涼爽之感。他心中還有一股如歌的快樂，尋找吳天變成一樁歡情。在我父親離家遠行之前他回家作了一次告別，他沒說要去什麼地方，只說去不多久還要回來。他收拾了一個網籃，放進一些簡單的衣物，他還燒毀了一些書籍，這使他看上去更像一個成熟的共產黨人。當他收拾東西的時候，小叔叔說了一句其實大有深意的話，他說：「大哥，你要找人把這網籃捎回來，我走的時候也要用它裝東西。」我父親很多年來一直記著這話，這好像是他所記得的小叔叔的唯一的話。這話透露出兩層意思，一是小叔叔分明是知道我父親去什麼地方；二是我父親去的地方也是他將來要去的地方。小叔叔想到將來離家遠行去尋找我父親的一日，心裡十分快樂。在我父親離去直到他犧牲的兩年裡，他一直用這念頭安慰對我父親的想念，想念我父親使他有時也去看海，看過海回家，他對誰也不說。他們兄弟間的情誼就是這樣，羞怯使他們採取一種迴避的方式。我父親收拾好網籃起身就走，像他這樣一個不回家的人，出門還不是常有的事。可是他這一次走，家中卻有一個人怦然心動，他冥冥中意識到這一走不同往常，他還意識到這一走大約是別時容易見時難了。這一走使他非常不安，徹夜難眠。他第二天清晨就出門去尋找我父親的朋友，打聽到父親輪船離港的時間，然後一個人偷偷地誰也沒告訴地去了碼頭。這人就是我的爺爺。

我一直在猜測，我爺爺為什麼要一個人偷偷去碼頭送我父親，並且還躲著我父親。我父親知道那一天爺爺來碼頭送他，是多年之後，聽一位來自新加坡的人說，那天在碼頭看見了我爺爺。我想，我父親其實一直是爺爺的希望，爺爺的人生中還有什麼希望呢？我父親讀書好一直是他的驕傲，他常常想，他們家如果還有復興的日子，那就看我父親了。失業使父親輟學其實是他永遠不解的痛楚，他整天罵不停口是這痛楚使然。我父親以他變幻莫測多姿多色的筆名發表的文章，爺爺他也偷偷地讀過。儘管父親的思想與情感和他相隔著無法跨越的鴻溝，有時他根本不知道父親在胡謅個什麼，可他卻感到起心的安慰。我父親不回家的日子，他天天等他回家；等他到家，卻作出視而不見的樣子，依然罵不絕口。想到父親和爺爺的關係，我就覺得心痛不已。爺爺其實最愛父親，可是他卻使父親變成最不開心的孩子。然而無論怎樣，他們身上卻有血緣的神祕紐帶，傳遞著最準確的消息。我父親這一次一去不回，我爺爺是最早有預感的人。那時候，人人都等我父親回家，只有爺爺心死如灰，不盼不望。當他悄悄一人來到人聲鼎沸的碼頭，遠遠地看見了父親，他知道這是最後一次看見父親了。輪船後面的大海無邊無垠，他知道海上的漂流全都是有去無回，哀傷抓住了他的心。這一刻我爺爺的心情極其複雜，我想他剎那間產生出慚愧之心，他想起他的失業，他的無所事事的一生，還有他的無可抑制的壞脾氣，他有一種十分可憐的生怕我父親看不起的心情，他還生出教他自己非常生氣和害羞的想與我父親親暱的心情。愧疚、膽怯、害羞，還有他天生的無可救藥的固執，阻止了他的腳步。他一直遠遠地站在送行的人群後面，熱辣辣的太陽底下，汗水迷住了他的眼睛。他後來從沒和人說起過這次兩不相見的送別，他特別羞於流露他的親子之情。他的固執、粗暴、壞脾氣、罵人，將他與一切人隔斷了親近與交流的橋梁，他其實是一個非常非常孤獨的老頭，他孤獨到死，他的孤獨沒有人能安慰。這時候，汗水迷住了他的眼睛，汽笛聲從很遠的地方傳來，他模模糊糊看見人潮浮動，輪船慢慢移動，千萬縷彩帶慢慢拉開，掙斷，在天空中繽紛地飛舞。輪船離岸了，歡送的樂聲一下子靜悄下去，彩帶也偃息了舞蹈；船，靜靜地，緩緩地到了海的中間。

許多年以後，有一個鄉下的瞎子，他排了我父親的生辰八字，掐指一算，說我父親是一個離家遠遊的人，如不遠遊，必是難活。這話眞是說得太對了。當時，我父親並不知道，他正在離開一個水火之地，一個悲慟之地。在聯繫著船和碼頭的彩帶掙斷在空中飄舞的時候，我父親就像是第一次看見這個島嶼似的，他幾乎被它的旖旎驚呆了。他有點瞠目結舌地，望著那漸漸遠去因而呈現出全貌的綠色島嶼，他想：這是個什麼地方啊！怎麼從來沒有見過。金黃色的陽光照耀著它，它看上去就像是一個仙境。霧氣像精靈一般無形無蹤、如影如幻地在它周圍流動。這一刻，淚水模糊了我父親的眼睛，他忽然感到身體的某一部分被割裂的疼痛。而他並不知道，這是一去不回的別離，只是起心地疼痛。那島嶼漸漸地小去，最後成爲一個金色的斑點，在波濤起伏中忽隱忽現。我想，我父親的船應當走的是南中國海的航線，這也是鄭和下西洋的路線。這個海域眞是一個奇特的海域，看起來，就像是一個世界性的休假勝地，又像是一個後發現的新大陸，強國富國畫分了他們各自的領地，並且爭個不休。他們爭來爭去，或者協調來協調去，做著各項交易，全然不問一下這些島嶼的眞正居民的意見。當我父親航行的時刻，這一片地方的畫分是這樣的：南邊爪哇海一帶島嶼爲荷屬東印度群島，北邊繞暹羅灣沿南中國海一片爲法屬印度支那，在我父親身後以西的馬來亞則爲英國地區，東邊菲律賓的科雷吉多爾則是美國的要塞。我父親就好像從一群豪華家族的渡假村中間崎嶇地穿過，去尋找他自己的領地。海面逐漸開闊，最後，所有的島嶼都消失了，就好像重負從心上卸下一般，我父親忽然感到一陣輕鬆，還有一片空曠之感。海洋總是給人空曠之感，它將世界上一切雜質都呑沒與溶解。太陽從他的頭頂從東向西航行，他的船是從南向北，與太陽交臂而過時，他全身一片通明。這是颷北季候風的時候，海風涼爽。我父親航行的那幾日風平浪靜，海闊天空，是航行的好日子。他終日憑欄眺望，身心安寧。船走在白茫茫的水天一色中間，在向陸地靠攏。我父親在這一刻領略了船的美妙，它是漂流中的家園，它還是漂流中的希望。它將漂流的人集於一起，生死相濟，然後朝著陸地駛去。陸地就好像永生的象徵。我猜測這船會在沿途港口加水加油，它靠岸的港口大約會有西貢、香港、廈門。每一次靠岸都帶有點驚心動魄的歡喜，碼頭上總是十分繁忙，裝貨卸貨，上人下人，一片蒸騰氣象。碼頭的燈光也顯得很燦爛，與天上的星星相映成輝。每一次靠岸在我父親看來都像是一次與陸地的親近，他與陸地若即若離的，像一對恩深義長的戀人。這些港口全都聲色相異，呈現出多姿多采的面貌。每一次都給人意外的驚喜，而最大的驚喜則在最後，那就是上海。

那時候的上海有東方巴黎之稱，是一顆光彩奪目的明珠。船過廈門駛入東海之際，我父親就好像嗅到了上海的氣息。上海的華麗的市聲貼著海面冉冉升起，繚繞在船的上空。海鷗的翅膀分外地撩亂，還帶有幾分妖嬈。它們簇擁著船的航行，是神奇的景色。接近上海也是神奇的過程，先是航標燈增多，就好像從水底深處湧起的莫名的螢光生物，這裡一點，那裡一點，閃閃發亮。它們迎向船頭時帶著如歌行板的節奏，就好像在做水上滑行的遊戲。它們迎面而來，又擦身而去。然後，水面便漸漸狹隘，兩岸燈光浮現，夾道而行。這時，陸地隱在漆黑的夜色之中，可我父親已經嗅到了它的氣息，這是乾土與乾草的氣息。江水與海水的氣息不同，江風和海風的氣息也不同。我父親知道船已進了江道，在接近上海。上海的燈火是從地底下噴薄而出，轉眼間燦爛輝煌，映亮了夜空。我父親像個鄉巴佬似的，急不可待地擠在船艙口，看著這海市蜃樓一點一點接近，變成現實。當他手提網籃登上這個不夜的城市，他有一種被燈光融化的感覺。我父親抵達上海的時候，當是一九四〇年的深秋，上海的法國梧桐的落葉，一大片一大片地落在地上。落葉的景色是我父親有生以來頭一回領略，他覺得這眞是天上奇觀。秋風肅殺也是他頭一回領略，他一身單衫，抖抖索索。這一夜，他住在一個小旅館，等待吳天來找他。他折騰了整整一夜，凍醒幾次。他一會兒將一條毯子和一條被子全鋪在身下，一會兒將被子鋪在身下，毯子蓋在身上。可他倒過來倒過去就是沒有想到把被子蓋在身上。被子是他不可思議的東西，不知當爲何用。後來，他把毯子裹在身上，靜等著早晨來臨，吳天來臨。這旅館當是在當年四馬路，現今福州路這一帶，霓虹燈通夜不息，賣笑女的嬌聲俏語通夜不息。梧桐樹的葉子一片接一片落地，發出沙沙的梧桐雨聲。我父親裹著毯子，靜靜地望著窗外一方天空由深變淺，由黑變藍，刷馬桶的「嘩嘩」聲震耳欲聾地響起，有車輪壓過石頭街面的「轆轆」聲，我父親不由地一驚，想道：我這是在什麼地方？

當我父親索索抖成一團，在小旅館裡等待黎明和吳天的時候，關於日本進攻新加坡的計畫正在激烈而複雜的爭論之中。其時，醞釀與周折兩年之久的德義日三國同盟條約已經正式簽訂，一個法西斯戰爭集團已組成完畢，正做著重新瓜分世界的美夢。這條約的內容是，日本承認德、義對歐洲的統治權，德、義承認日本對亞洲的統治權。這條約帶有一廂情願自說自話的味道，可這三方人馬全都幹開了。南進東南亞在日本內閣有兩種態度，主張與反對的雙方爲新上任的陸軍大臣東條英機和外相松岡洋右，是重整旗鼓的近衛內閣中的兩個鋒芒畢露的人物。東條是個野心家，東南亞的沃土肥水早教他垂涎欲滴，希特勒在歐洲戰場的勝利也教他按捺不住。我想他心裡其實一直有和希特勒摽著幹，一比高低的念頭。荷蘭、法國，向希特勒投降以後，他便急於露一手，再創造一個驚世駭俗的奇蹟。松岡是個奇異的親美派，他對美國既恨又愛，倒像眞正的情之所致。這情感大概來源於他在美國茹苦含辛的成長經歷。他認爲南進行動會侵犯美國在太平洋上的利益，使日美發生衝突；可他卻又支持德義日三國條約的簽訂，這條約將日本放在了與美國對立的位置。他以外交的策略來解釋他自相矛盾的做法，認爲這才是眞正避免與美國交戰的好辦法，類似以毒攻毒。比起松岡的矯情造作，東條倒像是條漢子，直往直來，言行一致。其時，希特勒也希望日本南進，話裡話外都作了暗示，而松岡就是不接茬。我想希特勒鼓勵日本南進，是想借日本之手收拾東南亞，回過頭來再去收拾日本，將全世界攥在手掌心。他的野心比東條更上一籌，可謂俗話說的「鹵水點豆腐，一物降一物」。我父親在這孤島的靜夜之中，眼巴巴等待天明。這城市的夜晚其實騷動不寧，許多種神祕的電波在空中交叉而行。就在離我父親所住旅館不遠處的虹口區山陰路，日本人尾崎秀實正在暗夜裡工作。一九四〇年是尾崎秀實工作極其繁重的一年，近衛文麿第二度登上首相位置，這使尾崎秀實獲得了一個良機。尾崎秀實在一九三七年近衛第一次登台時成爲他的私人顧問。近衛每星期三都要請幾位密友共進早餐，尾崎秀實每次必到。這些早餐客盤腿圍坐，慢條斯理地吃著火鍋。我想，性格脆弱、膽小躊躇的近衛其實十分依賴他的早餐客，爲其左右。他們是他的主心骨，早餐客是他的眞正內閣。他將嚴肅重大的國事討論變成文雅悠閒的清淡方式，以此也可見出他的名士派性格，自然抵擋不住如火如荼的東條英機。近衛再次上台任職首相，一定使尾崎秀實非常興奮，這是一個多麼有利的時機啊！我想，這一年他將頻繁往來於東京與上海之間，乘坐輪船。在外國人雲集的一九四〇年的上海，一個日本人的行蹤不會引起人們注意。尾崎秀實這一個眞正的共產黨員，信仰堅定。我以爲他一定是一名人道理想主義者，這才可使他克服狹隘偏側卻恩深義長的民族情結。而他又是著名的國際問題專家，這可使他建立對世界的全局觀念，也是克服民族情結的良藥。他是佐爾格最親密的同志與助手，佐爾格交給他的艱巨任務是，探明日本政府、參謀本部和陸相的計畫。尾崎一方面需要探聽蒐集祕密情報，另一方面還要根據種種現象去分析其背後的眞相實質。他每天都要工作到雞鳴西窗，東方一點一點發白。一九四〇年的虹口山陰路一帶，聚集了許多日本僑民，幹什麼的都有，尾崎秀實在其中猶如滄海一粟。尾崎望著上海虹口的天空，會想些什麼？

我父親在上海最初的日子過得不錯，吳天將他帶進上海的戲劇文化界，參加座談會等等的活動。使他大開眼界，長了不少見識。遺憾的是他想就讀的國立戲劇專科學校關了門，這是一個大失望。那時候，上海雲集了許多來自東南亞的求學的青年，他們大都提著我父親那樣的網籃，乘上海輪，眼巴巴地望著浩淼海水，從南中國海渡到東海。他們大都在上海這地方人生地不熟，他們往往幾個人合租一間房間，分攤房租水電，然後就去報考學校，日夜攻讀。上海的孤島的寧靜，特別適合潛心攻讀，它帶有鬧中取靜的優勢。這時的上海還有點像巴黎，藝術家雲集。我想，這帶有一種醉生夢死的絕望之感，厄運的陰影總是在人們心頭徘徊，大禍將臨的感覺人人有之。藝術可使人暫時從恐懼中釋解，還可使人從絕望中釋解。我父親走進上海的劇場，像一個眞正的鄉巴佬似的，心生崇敬，劇場就像他的課堂。他忘記了這城市豪華與貧窮的慘澹對照；忘記了樹葉落光，寒流已從西伯利亞啓程；他甚至忘記了這城市裡令人膽寒和起心嫌惡的漢奸。我想他身上穿了一套不怎麼樣的西裝，手捧一疊關於戲劇的書籍，在一九四〇年底的上海街頭走來走去，表情鄭重。一九四〇年的上海在孤島的寧靜之後，燃燒著復仇的刀光劍影，日本人被殺的事件接連發生。光是十一月之中，就發生有四起大快人心的暗殺日本人事件。十一月十日，日本憲兵伍長田中在滬西勞勃生路被人開槍擊傷；十一月十六日，日軍上校軍官富永貢在虹口日本海軍俱樂部前被開槍擊斃；然後，日本憲兵又一個伍長三藤精一在如今萬航渡路一帶吃了槍子兒；再接著，日本憲兵兵曹佐佐木在延安西路的汪家弄被人狙殺。槍聲掠過天空，聽起來有一股淒涼寂寞之感，卻爲這城市增添了悲壯的色彩。我父親一定也經歷了這槍聲的激蕩，還目睹日本人追殺過街封鎖事發地區的慘狀。這時候，他也會想：藝術是不是太奢侈了？我猜想，父親在上海還有一件大事，那就是和中共江蘇省委文化工作委員會領導下的《學習》半月刊的接觸，這當是吳天的功績。這樣，我父親後來去新四軍根據地便是順理成章的事情了。我父親來到上海的最初日子，自然有過苦悶的情緒，國立劇專關門停辦是一個原因，水土不適也是一個原因，還有就是這城市的寂靜與綺靡之風。這使人恍若夢中，生活變得很虛假，我父親會想：抗日的戰場在哪裡？青紗帳在哪裡？接近《學習》半月刊，使他感到藝術人生和革命人生的結合，也爲他去新四軍根據地鋪平了道路。這時候我父親在上海的生活是由爺爺奶奶支持，爺爺奶奶每過一段日子就給父親寄錢。其時，爺爺開了一家雜貨小鋪，生意還過得去，我們家甚至出現了一點復興的氣象。所以，這一段日子，我父親還不愁錢花。他租了一個小房間，吃著包飯作的飯，包飯作是我父親永遠懷念的事物，他甚至把衣服送去洗衣房洗。他有時候有點閒得發慌，這城市似乎與他隔著一扇門，他走不進去。上海方言於他如聞鳥語，這更使他像一個外鄉人。上海是外鄉人雲集的地方，上海也是徬徨青年雲集的地方，他這一個表情惶惑的南國青年也引不起人們注意。接近《學習》半月刊還有一種走進上海大門的感覺，他好像終於找到了這城市的立足之地。我設想我父親也是當年為半月刊免費寫稿之人，由於認識和文風上的原因，他大約十篇稿子中只可投中一篇，不過這並沒有使他氣餒，他除了參加戲劇活動就又多了一樁事：寫稿。但半月刊畢竟是學術性很強的刊物，而我父親則是藝術型的，所以寫稿這事沒有維持太長時間，他卻萌發了去根據地的念頭。

根據地是以浪漫的青紗帳吸引著我父親。關於青紗帳的歌，我父親唱了數年，從新加坡唱到馬來亞。青紗帳在我父親心中，是抗日的戰場，還是一個理想的樂園。那裡平等、自由，物質生活單純，精神生活豐富。在他們聚集於上海的一夥朋友之中，常常會有人神祕地消失，然後又帶著驕傲的微笑神祕地出現。他們出現時一無二致地都帶有乾草與乾土的清新苦澀氣息。後來我父親漸漸知道，他們是從根據地來。我父親去根據地，不知為什麼在我腦海中帶有喜劇的色彩。他很奇怪地懷有一個去學戲劇的想法和看一看再說的念頭乘上了去蘇北的江輪。他言語不通，表情莫測的樣子使他在一船乘客中顯得有點滑稽和怪誕。領他去根據地的交通員裝作陌生人，一路不與他搭話，他則裝作一個啞巴，一問三不知。我想，那交通員遠遠地注視他，心中充滿好奇，他大概想，這如不是一個徹頭徹尾的傻瓜，就是一個眞正的大人物。我以為根據地給父親帶來的失望是從旅途就開始的，船上的擁擠和骯髒使我父親不堪忍受，蘇北農民的粗野與魯莽也教他不堪忍受。他從上船起就開始盼望下船，心想，這航程什麼時候才能結束。這航程使父親情緒有點低落，我想這也反過來影響了他對根據地的感受。柴油機聲永遠突突地響著，再加上人聲嘈雜，日本憲兵的盤查則使空氣壓抑緊張。長江兩岸的景色灰暗荒涼，天色也灰暗荒涼。這一天還出奇地寒冷，是乍暖還寒的節氣。我父親患了重感冒，腦袋昏昏沉沉，這也使他心情沮喪。好在，根據地安慰著他的心。這時候，根據地有點像家的感覺，根據地成爲他眞正的家那是在歷盡艱險的一年之後。此時此刻，他對根據地充滿了許多懸想，這些懸想注定要遭到粉碎的下場。他很奇特地生出一個念頭，那就是到了根據地要洗一個熱水澡。後來，他足足過了有一年，重回上海的時候，才完成了這個洗澡的宿願。他想著到根據地洗澡的美事，稍稍振作了精神。洗澡是我父親來大陸的最大苦惱，洗澡在他生長的地方叫沖涼，一天可沖無數趟的涼。而在上海寒冷的秋冬，洗澡則變成一樁難得的享受。其實，我父親在出發前一天已經去過澡堂洗澡，可他這時候又想洗澡。他感到皮膚又乾燥又不潔，這感覺很是折磨他。這個洗澡的熱望使去根據地的浪漫情調大打折扣。我想，去根據地當是一站交一站。在蘇北的鄉間，設有許多祕密的交通站。我父親就像一個大孩子似的，被一個交通員交給又一個交通員。他的樣子總是引起交通員的好奇，問他話十句有九句聽不懂，他的話，十句也有九句聽不懂。問他從哪裡來，來的那地方則前所未聞。他和交通員總是一路無話，一程趕一程。蘇北的鹽鹼地，給我父親留下了深刻的印象，土地泛著鹼花，白茫茫的一片，枯黃的草莖在風中搖曳。來自植被豐厚的南亞，再見這情景，便越發感到凄涼。

蘇北農民的貧苦與勞作，也給我父親留下深刻的印象。我以為眞正領略大陸面貌其實是當我父親去根據地的路上，陸地的遼闊之感與荒漠之感使我父親深感沉重。島嶼的漂浮其時為陸地的沉重取代。這感覺其實是同樣的不堪承受，同樣的傷人心肺。走在去根據地的鄉間土路上，四周是遼闊的冬眠的土地，我父親忽然覺得陸地是堅硬凝固的海洋，地平線是堅硬凝固的海平線。他生出一種被堅硬地殼淹沒的驚慄之感，他覺得在四下靜悄一片的沉寂中，偃伏著洶湧的波濤。陸地使人心情沉鬱，它不同島嶼的地浮，卻是地老天荒的永恆。這是兩種不同的宿命之感。我父親心裡沉甸甸，表情沉鬱，風沙與灰土撲面而來，把他颳成一個土人。

在上海這城市，流傳著這樣一個傳說。在一九四一年的時候，日本人尾崎秀實接到共產國際一個艱巨的任務，要他一定設法使日本內閣改變北上西伯利亞進攻蘇聯的策略。而要使內閣取消北進，惟有以南進的計畫吸引與轉移其兵力和注意。尾崎秀實接到任務後便立刻積極進行工作。他籌集大量的數據與事實起草了一份報告，說明北上西伯利亞將使日本部隊遭到毀滅性的打擊，天寒地凍，路途遙遠，人疲馬乏，而結果又能得到什麼呢？即使一舉攻下莫斯科，希特勒能分給日本什麼利益呢？從簽定三國條約的兩年過程中，已可見得這是個見利忘義、言而無信的卑鄙小人。因此，北進蘇聯是有百弊而無一利。而南進卻具有相當的可能性，並且，能夠切實地解決日本急需的物資：鐵礦、橡膠、石油、糧食。他的這份報告，在內閣決策中起了重要的作用。最後，日本便放棄北上而取南進，發動了驚世駭俗的太平洋戰爭。在那個年頭，上海這城市關於外國人的傳說是很多的。上海就像個世界小舞台一樣，上演著誇張與虛妄的濃油重彩的戲劇。我不敢肯定尾崎秀實在內閣中具有這樣大的發言權，因爲充其量他只是近衛的私人顧問，早餐客中的一個，再加上交情甚篤，也不致可以決定戰爭的路線。而且一九四一年是近衛首相對戰爭最爲動搖、政治軟弱的末年，對於向美國宣戰，他抱著悲觀保守的態度，與堅持南進的東條英機站在極端對立的立場。而東條英機爲首的陸軍參謀本部權力上漲得可怕，完全有能力與內閣對峙。這一年的十月十四日內閣會議之後，近衛提出辭呈。就在近衛內閣總辭職的這一天，尾崎秀實被憲兵隊逮捕。所以，對於尾崎秀實說服內閣南進的傳說，看來是漏洞百出。但是，從確切史料上看，尾崎秀實將一九四一年七月二日的內閣會議上所定出的德蘇開戰後的新國策透露給了克里姆林宮。這新國策的主要內容是加強對蘇戰備。克里姆林宮得到這份重要情報之後，必定會對此作出對策，交給拉姆扎小組新的任務當是事所必然。但我不知道共產國際對於擺脫蘇聯危機而將壓力轉嫁東南亞，是否有過具體的措施，就如上海傳說中的那樣。從資料上看，直接導致太平洋戰爭的，是極力鼓吹南進的東條英機上台，以及日美談判的不成功，也就是說日本對內與對外的形勢所決定。我覺得東條英機是個關鍵人物。其實在天皇與內閣正式作出南進決定之前，他就開始了對太平洋作戰的準備。他似乎對太平洋情有獨鍾，念念不能忘懷。我想太平洋對於日本這麼一個小島國眞是茫茫無際，有呑沒之感。因此，占領太平洋這個瘋狂的念頭便攫住了東條英機的靈魂。這是一種妄想，還是一種幻覺，這是飄搖無定的島嶼心理特別容易產生的病態景象。太平洋眞是遼闊，眞是深邃，它激蕩著全世界的風雲。

太平洋作戰計畫當是由兩部分組成，一是偷襲美國太平洋艦隊，二是襲擊東南亞。一九四一年一月一日，日本人辻政信神祕地來到台灣，潛心研究馬來亞之戰。馬來亞之戰的最後堡壘，就是新加坡。辻政信通過兩個月的研究，得出這樣的結論，由於新加坡與馬來亞半島是以一條一千一百碼的堤道相連，所以，從海上進攻，它是攻不克的堡壘，然而，倘若從背後進攻，它便毫無防禦能力。我曾在柔佛海堤佇立，人們說，這就是日本人登岸的地方啊！浪濤拍擊著堤壩，啪啪地響。柔佛海堤在海面上像一條纖弱的絲帶，是柔美的景色。它又像一個長長的深入海面的棧橋，海天合攏，一線穿過，它使進入新加坡就好像進入奇境。日本人從海堤向新加坡進發是什麼樣的景象啊！一九四一年三月，日本就開始了以攻占新加坡爲假想的陸海軍聯合演習，上海是這次演習的出發地。陸軍第五師團駐紮在江灣兵營，每天進行騎自行車和駕駛汽車的訓練，自行車的訓練尤爲規模壯大。我想，這是一九四一年的江灣一景。自行車鋪天蓋地疾駛在江灣的公路上，遠遠望去，就像暴雨來臨之前在烏雲下逃亡的鳥群。江灣的農人們不知道將會發生什麼事，日本人的自行車隊使人惴惴不安，還有汽車隊的疾駛，發動機的轟響，好像夏季的悶雷。一件震驚世界的大事將要發生。演習攻占新加坡是在絕密的情況下進行，第五師團從江灣悄悄乘上軍用船隻出長江到東海，不久，前方竟出現了令他們眼熟的日本山脈，士兵們個個欣喜若狂，熱淚盈眶，以爲回家的一日到了。船駛進九州的唐津灣，拂曉時分，進行登陸演習。正是櫻花怒放的季節，在訓練彈的煙霧中登陸如同夢境，空砲鳴響，增添了喜慶的氣氛。士兵們一時不知身在何處，心中充滿迷茫。他們在黃昏時分來到伊萬里這小城，伊萬里傾城歡迎士兵。這眞是奇異的演習，它帶有狂歡的味道，還帶有神祕莫測的味道。然後，官兵告別伊萬里，乘船回到上海灣，集結於八口浦，十天之後，在寧波沿海登陸。這是一場眞槍眞刀的戰鬥，他們遭到了眞正的抵抗。登陸地點是一片寬廣的泥沼，他們蹚過長長的海岸線登陸。這就是日本人假想的新加坡海岸，泥沼深陷，難以跋涉。他們連滾帶爬，泥漿滿身，還要躲避子彈槍砲。他們不約而同都會想起櫻花盛開的唐津灣，只短短幾天，就如同隔世。當他們再從寧波回到上海，又繼續進行汽車和自行車訓練，他們是在預想的新加坡島上作橫掃一切的疾駛，眞是輪下生風，一行千里。太平洋作戰正在緊鑼密鼓急風驟雨的準備之中，震驚世界的大事就要發生了。

這是我們家的一個少有的平靜時刻，有著家道中興的跡象，小雜貨鋪的生意足以維持溫飽，還可給我父親按時寄錢。我想，在奶奶的臉上，甚至出現了少見的舒心的表情。她終於結束了連年不斷的懷孕和分娩，身體也開始健康。我姑姑是在這一年出嫁，嫁給了一個篤誠勤勉的生意人，這是一門好親事，也是多年來我們家第一件喜慶吉祥事情。我姑姑溫柔善良，長得也漂亮，她從小在這家裡受夠了驚嚇，沒遇到過一件高興事。出閣是她又憧憬又害怕的一日。我猜想，她渴望離開這個家，卻又害怕去另一個家。家從未給過她愉悅之情，她和我父親一樣是不開心的小孩子。她像個小媽媽一樣，幫助奶奶，做了這樣做那樣，終日手腳不停。我爺爺嫁女兒一定出資不薄，他是那種打腫臉也要充胖子的人，鞭炮噼噼啪啪響起的時候，他會有滿足之感。我姑姑在夫家的生活，可以稱得上是幸福，我姑夫是一個豪爽之人，也是一個奮發之人，他們家有著井井有條、按部就班的氣象，與我們家隨心所欲的混亂景象大不相同。在我姑姑初嫁之時，我姑夫的事業正處於草創階段。我想，他的食油公司還是個手工業作坊，帶有夫妻店的性質。我姑姑每天要為雇工和家人總共一二十個人煮飯，勞動相當繁重。我姑夫更是一天工作十幾個小時，披星戴月。同樣是勞作，在他們家和我們家卻也大不相同。他們家的勞作是心懷希望，具有明確的目標，我們家卻帶有末途之感。後來，姑夫的企業成為一個跨國界的公司，事業興旺發達，其中也經歷了九死一生。致命的一擊便是日軍占領新加坡。這一年新加坡表面上氣象和平，內裡其實卻是一派山雨欲來風滿樓。英軍在馬來亞加強駐守，集結有十五艘潛水艇，十三艘驅逐艦，六艘巡洋艦，一艘航空母艦，四萬澳大利亞機械化部隊到達新加坡，在北部熱帶叢林裡進行緊張訓練。周圍的菲律賓、香港、荷屬東印度都在加強備戰，太平洋變成了一座火藥庫。但像我姑夫這樣一個頭腦現實且又本分守己的生意人，他的注意力全在艱苦創業。他像一個農人一樣，日出而作，日落而息。他的勤奮使我姑姑心生倚靠，新婚第一年是她希望倍生的一年，生意上的事情她基本不懂，可這種扎實、冷靜、克制、勤勉的勞作使她覺得前途有望。許多南亞的生意人在勤奮努力中度過這一年，戰爭前夕的和平假象迷惑了他們的心。還有一種聽天由命的思想使他們安之若素，英國人爲他們安排一切，他們操心也白操心。因此，後來當英國軍隊不堪一擊，一敗如泥的時候，這島嶼便被驚恐與失望籠罩，喪失了一百年的安全感。喪失安全感其實是這島嶼的新生的日子，著名的李光耀後來大有深意地說過一句話：「是日本人把政治帶給我的。」李光耀從日本人手下逃命也帶有象徵的意義，這像是命運給予絕望中的新加坡一個機會。正當日、英、美在太平洋上進行戰略部署的時候，島上的生意人在辛勤地創建家業，李光耀在萊佛士學院讀書。在這同時，還有一件重要事情在進行之中，那便是島上華人自發籌畫成立一支抗擊侵略者的義勇軍。這支義勇軍在後來英國人繳械投降之時，頑強而絕望地狙擊日本人登岸。這是日本人進攻整個東南亞唯一受到的抵抗，這使他們喪心病狂。震驚太平洋的新加坡大檢證和大屠殺，便是在此背景下發生的。

再說我父親這時到了新四軍根據地，洗澡的事情一天挨一天，眼看沒了指望，學習戲劇的事情也沒了指望。我想，我父親對根據地的心情非常複雜，百感交織。他覺得根據地的藝術粗糙、簡單，不講究質量，完全沒有研討的風氣。他還覺得根據地的文藝家不愛學習，不讀書，不看報，閒來無事就喝酒聊天，開著很不嚴肅的玩笑。他有時候很想找人談談藝術，可是沒有人接他的話茬，這使他感到很孤獨。父親在根據地是個奇怪人物，許多人走很遠的路來見識一下這個來自南洋的口音奇異的人。他對某些簡單的事情毫不了解使人們大爲興奮，奔走相告。還有一些他認爲很簡單的事，人們卻毫不了解，這也使他們大爲興奮，奔走相告。他從什麼地方走過，就有人說，看啊，這人來了！在最初的日子裡，他成了根據地的一個奇觀。當他在根據地的樹林裡或者河邊徘徊的時候，心裡有一種失學的感覺。他發現，學習戲劇又成了一場空想，他甚至產生了是不是回家去的想法。可是，根據地的戲劇卻又以另一個面目抓住了我父親。他未曾想到這些活報劇似的東西會這樣掀起人們的情感，這使他想起巡迴歌劇團的馬來亞之行。他看見台下淚流成河，熱血沸騰。他看見即將上戰場的士兵們懷裡抱著槍，黑壓壓地坐在台下，就像一片莊嚴肅穆的岩石。而當劇終，戰士們擦著眼淚，呼著口號，就這樣扛槍跑步上了前線。一夜激烈的槍響，天亮時分，戰士們硝煙熏黑了臉膛，鮮血浸透了衣衫，槍筒冒著煙，回到了駐地，還有一些則永遠地回不來了。這種景象使我父親永遠不能忘懷，根據地的生活充滿了震驚人類的悲劇感。他想，這是眞正的戲劇；他還想，舞台上的戲劇是多麼蒼白啊！戲劇和戰鬥的現實緊密相連，這使我父親體會到一種踏實的人生，這使他沉浮多年的茫然的心似乎看見了岸邊。當這一激情的場面過去，戰鬥結束，人們又回復了輕鬆的心情，開著無聊的玩笑。我父親便有一種悃然若失的心情，孤獨又湧了上來。可那場面的震撼力量是永遠留在了心底。這就是我父親在根據地的兩種重要的心情，一是孤獨，二是激情洋溢。這兩種心情在最初時期處在一種勢均力敵的狀態之中，一會兒它占上風，一會兒它占上風。這是一個痛苦的時期。但這痛苦與迷茫不同，它是腳踏實地，面臨選擇，是一種現實的感覺，這可說我父親的人生前進了關鍵的一大步。然而，事實上，這兩種傾向的鬥爭並非完全平等，我們不應當忽視環境的作用，也不應當忽視我父親是一個熱血青年這一點。我想，在根據地這樣的地方，幾乎每天發生著戰爭與陣亡，前方傳來的砲聲不斷，要一名正直的青年按捺下激動的情感幾乎沒有可能，要一名正直的藝術家從火熱現實前轉過頭而面向戲劇這虛擬的世界，也幾乎沒有可能。並且，在這樣一個帶有公社性質的集體化社會裡，要保持孤獨，堅守個人也不是一件易事，更何況是像我父親這樣對共產主義充滿憧憬和嚮往的青年，共產主義理論中的集體主義思想對他具有極強的感召力。因此，我想，漸漸地，我父親交了幾個朋友，和這些朋友的友誼持續了幾十年。我父親也參加了他們的聊天、喝酒，以及不文明的玩笑。我父親是他們的好夥伴。他們喜歡開我父親的玩笑，我父親開得起玩笑，從來不動氣，感動了他們，也使他們興趣備增。我父親不動氣一半因為性情寬厚，一半因爲聽不懂。後來，他們的友情篤深。他們對我父親就像對一個大孩子，甚至對他那些不合時宜的言行有所寬諒。但我父親還是給人們留下了一點自由主義者的印象，覺得他與純粹的革命者尙有距離。這便使他在不久之後的根據地精兵簡政，縮編非戰鬥人員時，首先被列入疏散回家的名單。

離開根據地回上海的一路是我父親一生中最慘澹的記憶。他破衣爛衫，身上長了虱子。他口音不通，形象相異，只能再裝作一個啞巴，外加呆子。這一路危險重重，交通站全隱入地下。我父親行走在面目陌生的鄉間，冬日的太陽使人疏淡而目光渙散。他穿過鄉村，走在塵土飛揚、前途茫茫的大路，心情灰暗。根據地已成了隔世的記憶，新加坡更是隔世的記憶。他憑著錯誤百出的感覺朝著長江渡口走，有許多日離長江渡口越走越遠。走在疏散回上海的途中，我父親還有一種被拋棄的感覺，他像一個天地間沒人要的孩子，思家之情這時湧上了他的心。船離碼頭時新加坡的景象這時又浮現在眼前，綠瑩瑩的一團，與四下裡白茫茫的鹽鹼地形成對照，好比一個幻覺。我想我父親回上海的這一路，身心交瘁，受的煎熬沒法說。爲了裝成老百姓，我父親買了一套農民的衣服，換下軍裝。我父親穿上這衣服，模樣怪得也沒法說。好在他堅守一條：死不開口，一問三不知，卻也躲過了許多危險。當他終於來到長江碼頭，上了回上海的船，他已經不成樣子。一是瘦，二是髒，三是衣衫襤褸，形象落拓。他腳踏舷梯，登上甲板，一顆心便落了地。這一路的浪流可以結束，而下一路該何去何從，他也不再多想。我想，這一路流浪雖然時間不長，可是度日如年。根據地已成了遙遠荒漠的記憶，我父親的孤獨感日生夜長，漸漸吞沒激情。他有一種恍然夢醒的感覺，他想，反正上海的國立劇專停辦了，那麼在這裡還能幹什麼？回家的念頭這時升上心頭。他甚至開始平靜地總結這兩年在大陸的所見所聞，得到多少收穫。他想回去只是暫時，等劇專重新開張就再來。這樣一想，回家的計畫便成爲現實可行，他甚至有些迫不及待。他忽然很懷念新加坡業餘話劇社的同仁們，他想，他們又在上演什麼新戲？過去的情景一幕一幕從他腳下的江波上流淌過去，粼光閃閃。我想，其實本來一切已經決定，我父親回新加坡是確定無疑，也是無可奈何。可是就在這時，甲板上忽然出現了一位女性。她雍容華貴，在江鷗撩亂的翅膀裡，看上去美不勝收。這事情的開頭很有些像一個浪漫傳奇，結果卻並不是，這女人吸引了我父親的目光，他用一種戲劇中特定情景的目光打量她，也覺得這很像一部浪漫劇作的開頭，他有些浮想聯翩，心醉神迷。我想這女人一定感覺到了我父親的目光，她不由地回眸一望。這一對視，卻使我父親和她都吃了一驚，同時想道：怎麼是你？原來這也是根據地文工團的一名團員，名叫張茹。張茹她早半年離開了根據地，行蹤神祕，據說她負有特殊使命。我父親再沒有想到會在這裡遇見她，而她又是一派貴婦裝扮。我父親不由地喜出望外，他好像迷路的孩子見到了親人，一時竟熱淚盈眶。他一步上前，剛要開口，不料張茹她卻嫌惡地皺了皺眉，回身走開。我父親一陣失望，卻還追她而去，只見她進了頭等艙，消失了身影。這一瞬間，我父親幾乎以爲他作了一個白日夢，瞠目結舌。

張茹出現，繼而消失，有一刻教我父親很是氣惱。他在心裡咒罵她軟弱動搖，把戰友當糞土。可接著溫存的善意又湧上他心，他想張茹會不會沒認出他來。他懷著這種溫柔的錯怪她的心情在頭等艙前徘徊等待，還到甲板上去周遊，期望能再一次見到張茹。可張茹她再沒有出現，無聲無息。我父親有點悲哀，他獨自憑欄而立，直到太陽落下，江面上一片暗紅。江鷗也都回了家，船尾靜悄悄。我父親努力再回到方才遇見張茹之前的心境，想想回家的事，可卻心思攪動，再也平靜不下來。回家的念頭忽然離他遠去，有點飄飄忽忽。江上的黃昏最是教人黯然神傷，我父親又孤獨又憂鬱。忽然間，有一隻溫暖的手靈巧地伸進他的掌心，他本能地將手一握，那手抽出去，掌心間卻留下一個小小的紙條。我父親回過頭去，身後無人，人們都回了船艙，收拾行李，前方已可見上海的燈光。我父親打開掌中的紙條，見上面寫著一個地址和電話號碼，下面還有簡短的一句：不要同我說話。這一句「不要同我說話」使我父親流下了眼淚，這話親如耳語，令人暖意心中生。我父親這才發現他是多麼莽撞，沒有鬥爭的經驗。他這樣破衣爛衫的樣子卻同一位富家小姐一見如故，可不是要教彼此暴露，日本憲兵還在船上巡邏。他想他眞是昏了頭，他想張茹眞是個好姑娘。我父親將這紙條很親愛地握在掌心，這時上海的燈光在向他如歌般地走近。他忽然想起兩年前他乘坐遠洋客輪走入上海港的情景。此情景與那情景是多麼不同啊！他如今形容憔悴卻意志堅定，他擠在四等艙肩挑手提的乘客中間，叫花子似地上了岸。上海的夜色是多麼綺靡啊！是一個頹廢的世界，還是一個使人沉淪的世界。可是他不會沉淪了。他有些踉蹌地走在擁擠的出港的人流中間，被人粗暴地衝撞著，可他心裡卻安定而歡喜。出了碼頭，在拉生意的黃包車群中，他又看見張茹。這一回，他沒有衝上前去，而是站在了原地。路燈照耀著他，他的臉上露出感動的微笑，燈光上方是黑沉沉的夜空。我想，當我父親回到上海，望著張茹坐上黃包車的背影，倏忽間消失在暗夜的燈光裡，江灣一帶，日本陸軍第五師團正在進行夜間的自行車訓練。他們藉著星光照耀，在鄉間公路上排開大隊的陣勢，猶如萬箭齊發，駛向前去。

我父親去找張茹，其實並沒有得到明確的指示。張茹只是讓他留下他的住址，還讓他先在上海堅持。在上海堅持的日子不怎麼樣，他遊遊蕩蕩，無所事事，並且錢包一天比一天癟下去。他開始節儉開支，一邊等待新加坡方面的匯款。他開始自己動手洗衣服，這也是從根據地帶來的好傳統。他還認識到一個人租一間屋太過浪費，合計著同人合租。這時候，他已從寄存在朋友處的皮箱裡拿出他的西裝，穿上後煥然一新。這朋友也是來自新加坡，當是吳天介紹我父親認識。我父親這時並不知道，他是一名久經考驗的共產黨員，並在組織裡擔任重要職務。他和其他三個南洋青年合租一屋，那三個一個來自馬來亞，一個來自越南，一個來自菲律賓，全是來上海求學。一個學經濟，一個學會計，另一個學聲樂。我父親換上西裝才去找張茹，從張茹那裡回來難免有點失望。他天天等著張茹來找他，心情惘悵。他隱隱感覺到張茹和根據地有著密切的往來，對她心存希望。這時候，我父親處在極端矛盾的心理之中，他想回新加坡，又想回根據地。回新加坡，旅資沒有寄到；去根據地，指令又沒有到。他有時想向那朋友借一筆錢先回去了再說，有時又想獨自個兒去找根據地。他今天這樣想，明天那樣想，在思想鬥爭中度過一日又一日。一九四一年的冬天是無所歸依的冬天，我父親走過冷風蕭瑟的上海街頭，寒從腳底來。這是懸而未決的日子，我父親的心交織著希望和失望，希望是未名的希望，失望也是未名的失望。來自根據地的我父親還對上海平添了一層憤懣，他看見夜晚閃爍不定的霓虹燈，眼前便是血光溶溶。他想，他在這腐朽的孤島一日一日地浪費光陰，他的心都焦灼得蒼老了。但他回到上海又另有一種回歸自我的心情，根據地恍然若夢。他一宿一宿地讀著關於藝術與革命的書籍，戲劇這一樁事又升上心頭。在我父親等待的日子裡，日本東京正度著不眠之夜。一切準備都已就緒，只待天皇批准。十二月一日下午，御前會議在皇宮召開，東條英機首先發言，詳盡地闡述了日美談判的曲折漫長經過；然後，軍令部總長永野海軍大將起立激昂宣稱：海陸兩軍熱切希望以一死報效天皇，盡忠報國；接著，其他軍政頭目依次報告戰備情況：國民士氣，緊急預防措施，糧食供應，國家財政；最後，東條懇請天皇批准開戰。他悲壯地說道：「日本帝國正處於光榮和敗亡的十字路口。」隨著東條的話音一落，與會者便刷地彎腰鞠躬，這是一個可怕的場面，也是一個驚心動魄的場面，所有的與會者再無多話，只是沉默地齊刷刷地向天皇鞠躬請戰。這場面有一種風暴平地而起的意味。就在天皇批准開戰三個小時之後，東京便向攻擊部隊發出了電報指令。進攻太平洋的兵力分成兩部分，一部分從北攻擊珍珠港美國太平洋艦隊，另一部分則從西南入侵馬來亞。日本的特遣艦隊：六艘航空母艦，載著四百二十三架飛機；擔任護航的有兩艘戰列艦，三艘巡洋艦，九艘驅逐艦和三艘潛水艇，正在寒冷的濃霧之中，悄然無聲地向著珍珠港日夜兼程。在一九四一年十二月七日早晨六點十五分，到達了預定停泊地點，司令南雲忠一即將發命襲擊。

一九四一年十二月七日，我父親遇到了一件頗爲無聊的麻煩事。由於太平洋即將發生的大事件，人們對於這一日的事情無論巨細都記憶得非常清楚。這一日的事情，也無論巨細全帶有劃時代的歷史意義。前邊說過，我父親從根據地回到上海，錢袋一天比一天癟，他一直尋思著要找一個與人合租的房間，以節儉開支。然後就有一天，那朋友來找我父親，說他要離開上海一段日子，可以將他那鋪位讓給我父親，並且，這一個月的房租他已經付了。就是說，我父親不僅可以同那來自越南、菲律賓、馬來亞的三個青年分租這房間，還可以白住這個月。他自然非常踴躍，還帶有一種絕處逢生的感覺。這時我父親並不知道，那朋友是突然接到地下黨指令，要他立即去浙西根據地工作。我想，是在十二月七日的前一天，十二月六日，那朋友把我父親帶到住處，向其他三位室友介紹了我父親，還交給我父親房門鑰匙。這一天，我父親從早到晚都在勤勤懇懇地搬家。他將他那點破東西，分紮成一個個小包，一次一次螞蟻挪窩似地來回跑著。他們說好，第二天，那朋友一走，我父親便搬進來。然而，就在第二天，卻發生了一件事情，將一切都打亂了。那就是當下午人們各自從外回來的時候，發現房間裡發生了盜竊。所有人的東西全翻得亂七八糟，錢都不見了。大家立即四下搜索，卻見門窗的鎖和銷都好好的，他們便認定是一個內賊。這時候，他們四人合雇的一個老媽子則站出來檢舉，說中午時，弄口有一個人徘徊，這人就是我父親。疑點就這樣一下子落到了我父親身上。平心而論，我父親實在是太可疑了。人家本來平安無事，偏偏在他搬來之際，發生了這樣的事情。還有，就是我父親的樣子也教人起疑，他如不是老實透頂，那就是狡猾透頂，他的身分教人琢磨不透。再加上那老媽子堅定不移地指認，我父親眞是有三張嘴也說不清了。那朋友卻深知我父親的來龍去脈，他想如果要追究起來，我父親從根據地回來的經歷就會暴露。他還是一個很義氣的人，當即，他就將當晚的船票往桌上一拍，說：這朋友是我介紹的，各位對他有疑心，我不怪大家，不過必須要將事情弄弄清楚，我，就不走了。我想，此時此地，我父親就坐在一邊，帶著一副瞠目結舌的表情，看看這，看看那，他作夢沒有料到，會有這樣的禍事發生。這是晚上七八點的時分，他們嘰嘰呱呱地說著閩南話和廣東話，每人都迫不及待地陳述自己當日的行動，以證明不在現場。當他們七嘴八舌說個沒完的時候，他們的目光忽然落在了一個人的身上，這就是那個來自越南學習會計的青年。人們忽然發現，他在平時應當在家的下午時分，卻外出了，外出的活動又說得模模糊糊，猶猶疑疑。他們還想起當發現盜竊時他吵鬧得特別厲害，有點過分。當人們目光停留在他身上時，他的臉刷地白了，眼睛躲閃不定。這時，那朋友騰地站起，揪住他的衣領。那朋友我想是那種典型的南洋華人，褐色皮膚，眼窩深陷，身材矮小卻力大無窮，還帶有熱帶人共有的暴烈脾氣。越南人一下子癱軟了，他喃喃地不知說著什麼。人們紛紛要去揍他，被那朋友攔下了。我還估計那朋友是那種無論在什麼地方，都是大哥一樣的角色。其時眞相大白，原來是越南人賭輸了錢，被人追得走投無路，只得鋌而走險。已是深夜，那朋友的船開走了，我父親原先的房子退租了，他們只得擠在一起，度過了這個奇異不安的夜晚。第二天，太平洋戰爭爆發的消息傳遍全球，日軍進入租界，上海徹底淪陷，長江封鎖，那朋友就此阻在上海，無法去浙西根據地。太平洋一片戰火，船舶停開，郵路中斷，我父親與爺爺奶奶從此天各一方，音訊隔絕，生活費無可指望，回家也無可指望。

我不知道英國軍隊在太平洋上的作戰帶有什麼樣的情感，他們是否會有保衛家園的激情。從史料上看，他們在太平洋上丟盔棄甲，迅速敗北，就像是在應付差事，應付完了便回他們的英倫三島。他們完全沒有背水一戰，破釜沉舟，血戰到底的士氣。英國人在馬來亞的亦戰亦退，如同山崩地陷，令人不敢相信這就是大英帝國的部隊。英國人沒有在太平洋上奏出悲壯之調，我們根本無法期待他們對馬來亞有血肉相連的情感。我以爲英國人在東南亞巴不得馬上回家，炎熱教他們受不了，思鄉也教他們受不了。英國人在太平洋的作戰只是武器、戰略，還有外交的作戰，與情感無關。當一九六七年，新加坡接受以色列援助，培養了第一批一百十四名武裝部隊訓練學院的畢業生，李光耀的發言裡，其實是飽含了克制的情感。他說：「新加坡人必須能與世界上最精銳的軍隊匹敵，因爲只有這樣，我們的存活率才能達到較高水平。」李光耀用「存活率」、「水平」這一類字眼來談到生存與滅亡的命運，他具有一種將情感量化的冷靜的本能，這使他戰勝了許多理想主義者，並爲新加坡贏得了機會。我想，英軍在太平洋上退卻揚出白旗的場面，是這一百十四名年輕士官生隊伍的悲壯的背景。英國人的兵力其實很強大，在一九四一年底，英國先後調集陸軍十萬人來馬來亞，十二月二日，三萬五千噸的戰列艦「威爾士親王」號和戰列艦「卻敵」號到達新加坡，新加坡還有著英國人經營了一百年的要塞。可是這也挽救不了英國人的失敗，在他們的所有準備中，就是缺少日本御前會議上，萬眾鞠躬請戰的場面。日本人是懷了可怕的霸占全世界的激情來作戰的，他們把世界當作了家園，以拯救他們那砂礫般的群島的散失與沉落。而英國人永遠有著世界中心的驕傲，英倫三島是他們永遠不落的太陽。一九四一年十二月八日凌晨，日本第三航空隊消滅了三分之一的英國飛機；十二月十日，「威爾士親王」號和「卻敵」號，被馬蜂般密集的日本航空兵炸沉海底。現在，成千上萬的日本陸軍從馬來亞北部登岸，騎著自行車，向南而去。在上海江灣的訓練這會兒派上了用場，他們騎自行車就好像騎著駿馬，帶有奔騰之感。

從一九四一年十二月十日「威爾士親王」號這「不沉之艦」的沉沒，直到一九四二年二月八日，日軍向新加坡發動總攻，這兩個月零二天其實是新加坡的圍城之日。日本飛機時常掠過天空，馬來亞方面砲聲隆隆。然而新加坡卻是氣象寧靜。我想，人們對英國人的信任還完好無損，英國輝煌的歷史這些日子在人們嘴裡互相傳誦，這是安慰與鎮定的良藥。這大約是女皇在這島嶼上威望最高的日子，還有萊佛士這個新加坡之父。新加坡對於英國的重要性也是這些天來的熱門話題。人們滔滔不絕地談論著英國，誇張著英國的榮耀。而就在這時，英國軍隊在馬來亞半島平均每天敗退十英里，五十五天共敗退五百五十英里。在新加坡豪華的拉佛爾飯店，擠滿了英國參謀軍官，他們一邊喝酒一邊罵人，從旁經過不知情的人還以爲這裡正舉行熱烈的聚會。在飯店牆上，有人用粉筆寫了這麼一行大字：「英國歸英國人，澳大利亞歸澳大利亞人，馬來亞哪個混蛋要就歸誰！」這就是我爺爺奶奶的島嶼的命運。這就是我父親的島嶼的命運！可是街頭沸沸湯湯，一片讚頌英國的聲音。國泰大樓的電影院前，人們排著長隊，買票看好萊塢的《費城故事》，這是當危險來臨之時逃避的本能。砲聲越來越近，人們只得到《費城故事》這虛無的桃花之源去尋求庇護，這帶有亡命的味道，這是受圍之城所特有的景象。而當夜幕降臨，這島嶼便被深沉的寂靜籠罩，這是令人不安的寂靜，這寂靜使島嶼洋溢著死亡的氣息。它就像一艘沉船，在無邊無際的暗夜裡，無可阻止地下沉。這島在茫茫大洋中小得教人心疼，岌岌可危得教人心疼。英國人在拉佛爾飯店喝酒罵娘，用粉筆在牆上寫著那些不負責任的混帳話。而義勇軍則在暗夜中活躍起來。關於義勇軍的記錄，我只在《南洋年鑑》上看見一句記載，記載一九四二年一月三十一日，日軍攻到柔佛海峽，也就是與新加坡只一堤之隔的地方。二萬英軍增援到此，然而軍心動搖，抵抗軟弱，《南洋年鑑》上寫道：「時吾僑所組織之星華義勇軍，倉皇出發守格蘭芝河口陣地。」這是我所找到的唯一的星華義勇軍的記錄。當我去到新加坡的時候，曾聽一位先生爲我描述義勇軍狙擊日軍的情景，如歌如泣。他站在武吉巴梳街的日頭底下，揮動著手臂，汗珠從他前額滾滾而下，五十年前的壯烈場面撲面而來。他說：這是日本人進攻東南亞所受到的最激烈的抵抗！義勇軍是以血肉之軀抵擋日本人登岸。這是眞正的骨血之戰，這就是我們的「要馬來亞」的「混蛋」。英國人的軍隊全是狗屁！我想，事情是這樣的，一月三十一日下午四點，日本第五師團的先頭部隊衝進了位臨柔佛海峽的新山。我們的義勇軍，走過柔佛海堤，在格蘭芝河畔架起他們的槍，堆起石頭，擦亮了匕首，組成新加坡最後的防線。這是多雨的北季候風的季節，海水拍岸，他們生死完全度外，子彈和石頭如雨一般。他們全都有去無回，戰鬥一直堅持了整整一天。二月一日下午，英軍從海堤通過科斯威大橋逃到新加坡，然後把橋炸毀。而義勇軍則拋屍荒野，鮮血流乾，眼淚也流乾。我想他們的奮勇激戰，至少使日軍延緩了一週進攻新加坡。《南洋年鑑》上接下去寫道：「日軍稍事喘息，一週後即大舉偷渡。」我站在柔佛海堤，人們指著前方海面，說：日本人的船就是在這裡上岸的！那是在沒有星光的深夜，日本人的船一艘一艘，從柔佛海峽過來了。

這時候，我父親和爺爺奶奶斷了音訊，他最後身無分文，擠在那朋友的鋪上，度過一個又一個不眠之夜。他成了一個眞正的有家無處歸的人，可他很奇怪地並不怎麼懸念他的家人。這場戰爭是那麼大，大到了抽象的程度，他無從想像這會危及那樣具體的幾個小人物。太平洋戰爭聽起來有一種史詩般的雄偉，就好像是一個宏觀的概念，宇宙大戰似的。人的視線有限使世界變成無限的觀念，我父親便是這種局限性的受害者。他壓根兒也沒想到他的家人會遭到什麼不幸，他甚至還幻想著太平洋上重新通郵，帶來他急等著的生活費。他很放心地去向人借了一筆錢，作日常之度，不想這一借就是五十年。他漸漸放棄了還錢的念頭，再後來就把這事忘了，而借錢人也不知到哪裡去了。他還一如既往地等待張茹，他將他新換的住址一日不誤地告訴給張茹，然後天天等待。如今他的心情倒變得單純明澈，等待張茹是他唯一的出路，根據地是他唯一的家園，上海是他等待的城市。我很好奇，我父親在上海這地方，有沒有發生過一次或者兩次戀愛事件。我想假如沒有的話，那麼一是因爲他窮；二是因爲他人地生疏，來去無定；三還因爲他素來崇尚戰鬥的女性。他喜歡那種英氣勃發、帶有男兒氣的姑娘，這是一種新型的，帶有根據地風尚的摩登。所以，他從上海的大街走過，對身邊的女性全視而不見。在上海時，他唯一接觸的女性大約就是張茹，她對他猶如黑夜中的燈塔，帶有指點航向的意味。我想，在上海時他曾有過那麼一兩次請張茹坐咖啡館，搶著用他借來的錢會鈔。這是我父親在上海唯一的浪漫史。也帶有戰鬥的氣息。就在我父親盼張茹望斷雙眼，張茹忽然帶來了根據地的消息，她讓我父親立即上路去根據地。重回根據地就像是我父親再生，他去向那裡，就好像浪子回家，心裡暖暖的，鼻子酸酸的。他想，他一定要好好地革命，好好地戰鬥。這一年多來的孤身飄零已使我父親成熟不少，那一年多來的根據地生活也使我父親成熟不少。他有一種永遠歸向的心情，好像流星飛入了軌道。他忽然發現，他已經隨風飄流了許多年，而今終於有了歸宿。

這是有人歡喜有人愁的時刻，珍珠港事件可說是頃刻間解除了蘇聯的東面受敵之憂，史達林可以用所有力量來對付希特勒，在莫斯科前線開始了大反攻。我想，太平洋戰爭於史達林來說，猶如節日一般。他的衛國戰爭勝利在望，已可看見曙光。佐爾格和他的戰友尾崎秀實在獄中也當深感欣慰，他們以犧牲自己而不辱沒共產國際的重要使命。這卻是希特勒焦灼不安的時刻。自從德國進攻蘇聯之後，希特勒一改勸說日本打新加坡的做法，而一再催促日本打蘇聯。東條英機非但沒有做出允諾，反過來倒要求希特勒在一旦日美開戰之際進攻美國。向美國宣戰打動了希特勒貪婪的心，他想，決不能教日本這小子搶了頭彩，他說：「我們總是先動手！」而此時此刻，日本的特遣艦隊正在濃霧嚴寒之中，悄無聲息地向珍珠港進發。因此，珍珠港事件是對希特勒的沉重一擊。在此，也可看出希特勒和東條英機心理素質上的差異。希特勒給我感覺是浮躁不安，性情多變；而東條英機則立場堅定，有始有終。希特勒總是在跳來跳去，而東條英機紋絲不動。他們倆還貌合神離，互存戒心，結果難免大水沖了龍王廟，自己人害了自己人。所以我想太平洋戰爭一下子打破了世界維持著的均勢，使力量傾斜，是生存還是毀滅，就看這一著了。這還帶有決戰的意味，一整個世界都加入了最後的一搏。太平洋就像是個新闢的戰場，戰爭的幾方來到這裡殺它個刺刀見紅。這一片水域啊，消溶了多少斷槍殘彈，血色火光。太平洋上的島群，這些陸地的碎片，它們全都是那樣綠色瑩瑩，夢影婆娑，轉眼間，就成了戰壕和槍壘。

一九四二年二月八日這一天是淒慘的一天。天上下著雨，拉佛爾飯店的軍官還在喝酒，《費城故事》繼續放映，日本人正走在馬來亞的橡膠林中，向柔佛海堤西側集中。下午三點鐘，山丘上萬砲齊發，炸彈落在了新加坡。砲聲幾乎搖撼了新加坡，島嶼抖動著，就好像洋面上的一條舢板。這是一週以來連續不斷的砲擊中最震耳欲聾的砲擊。這砲聲告訴人們，日本人已經到家門口啦！然而，對英國人的信賴使島民們鎮定地度過了這個臨危之際。登陸艇是在深夜上島的，引擎聲在海天之間輕響。這時，雨停了，星星出來了，海流就像是新鮮樹木上的紋理，緩慢回流，吸走了魚群似的登陸艦群。日本《讀賣新聞》特派記者這樣描述著登陸之夜的情景：「寬闊的柔佛海峽中西去的潮流在平滑如鏡般的水面上泛起靜靜的波紋。」這是美妙的南亞之夜，我幾乎能聽見〈星星索〉的歌聲，這夜晚是那種流溢著甜美愛情的夜晚，有一瞬間幾乎是令人感動的寧靜。就連記者都似乎有一絲迷惑，他描繪這情景就好像在描繪一個愛情之夜：「寬闊的柔佛海峽中西去的潮流在平滑如鏡般的水面上泛起靜靜的波紋。」這是戰爭中間一個動人心弦且又令人生畏的休止。然後，更猛烈的砲擊便如晴天霹靂，半空炸響。人們全都從夢中驚起。這些日子，人們都已學會在砲聲中睡眠，可是這一時刻，人們無一不二全部坐起。此後的夜晚便是不眠的夜晚了。人們又驚又喜地聽見這砲聲是來自兩方的砲聲，可是他們再也睡不著了。這一個早晨，天空不是被晨曦照亮，而是被火光照亮。英國軍隊在實裡打軍港破壞了重油罐，等日本人走近時，點燃了重油，這島嶼即刻沉入一片火海。這是海上奇觀，島嶼在火光中忽然間通體透明，金光燦燦。芭蕉葉與橡膠林，還有木屋與小街，全都線條纖細，姿態輕靈，眞是美不勝收，動人心魄。火焰就像一層紅色珠簾，將整個島嶼遮掩著，使它顯得千嬌百媚。火焰流動，波光粼粼。

在上海江灣接受自行車訓練的陸軍第五師團從谷底衝進了武吉智馬山。武吉智馬山是新加坡的最高點，山頭要塞揚起了日本人的膏藥旗，這造成了一幅日本占領新加坡的畫面。這一日，山下奉文將軍用飛機向英國軍隊散發了勸降書。勸降書像這島嶼罕見的雪片似的，飛揚空中。從武吉智馬山俯瞰新加坡市區，街市就像玩具一樣縱橫交錯，人跡稀少，奇怪的是，依然有人在排隊買票觀看《費城故事》。我想，其實眞正決定新加坡命運的，是拉佛爾飯店牆上的那句混帳話：「英國歸英國人，澳大利亞歸澳大利亞人，馬來亞哪個混蛋要就歸誰！」英國人從一開始就對這場守城戰沒有熱情，他們的抵抗有時就像演劇一樣，只是作了個虛幻的手勢，他們還給了日軍好幾次意外的驚喜，他們本來居高臨下，使日本人面臨滅頂之災，而他們卻打出了白旗，走出要塞。他們還提早地進入現代化的作戰方式，以武器工事進攻防禦，但當敵我照面便以禮相見，進行桌面外交。他們早早地就喪失了耐心，急不可待地想回家。假如他們能夠咬咬牙，再堅持一會兒，那麼，也許日本人的受挫就不是在後來的中途島，而是在新加坡，挫敗日本人的光榮也不是屬於美利堅合眾國，而是屬於大英帝國。在一九四二年二月十三日，就是說日本進攻新加坡的第五日，也是英國人投降的前二天，英國人其實還具有極強大的戰爭實力，島上的士兵有九萬五千人，島上存有可供堅持戰鬥三至五年的彈藥糧食。而日軍只有三個師團三萬人，戰鬥中每天傷亡二千到三千人，第一線部隊處於彈藥將盡的境地，形勢非常嚴峻。到了十四日早晨，日軍占領了環繞市區的丘陵地帶，形成包圍。然而，戰事卻就此停滯，直到十五日清晨也無任何進展。山下奉文前來督戰，松井師團長立正說道：「閣下，我實在慚愧。」山下奉文心情極其沉重。松井召集師團參謀們，下了軍令狀，決定次日背水一戰，以死相拚，也要衝進新加坡市區。十五日的上午，陣地上布滿了愁慘與悲壯的氣氛，這是自珍珠港開戰以來最消沉的一刻。然而，英國人似乎永遠要贈給日本人意外的禮物，並且要爲此製造戲劇性的跌宕情節。正當日軍一片肅穆，沉浸在死戰前的壯烈之情，下午兩點左右，卻來了一名可愛的不速之客。英軍參謀懷爾德少校帶著三名士兵，打著一面大白旗走向武智高地的松井部分。當他扛著白旗走在緩緩向上的坡路時，我總有一種悠閒的印象。懷爾德看著漸漸遼闊的海面，心想：多麼藍的海啊！他心裡便湧起了一絲思鄉之愁。他還注意到南亞的旖旎風光，芭蕉葉和橡膠林顯得熱情似火，性欲勃勃，一股暖流從他身心注入流淌。我的這種印象主要來自懷爾德少校和日本情報參謀杉田中佐的對話。這對話進行得如此輕鬆、順利、融洽、速戰速決。懷爾德提出停戰，杉田說：「如果同意投降，可以停戰。」懷爾德就說：「可以理解爲投降。」他眞是個乖孩子，百依百順。杉田提出兩國最高指揮官會見一次，懷爾德同意了。會見地點定在日軍占領區域的福特汽車裝配工廠辦公室，時間是當日下午五點三十分，懷爾德只是一個勁地點頭，五分鐘便解決了問題打回票。日本人卻久久回不過神來，簡直不敢相信，這就像在作夢。

英國軍隊最高指揮官帕西瓦爾中將在這天下午七點五十分，鄭重地在投降書上簽了字。在整個談判中，帕西瓦爾可說是一步一退，他只在最後向山下奉文提出一個要求：「今後想請日軍保護在新加坡的英國男子以及婦女兒童的人身安全。」他只提到「英國男子以及婦女兒童的人身安全」，他對這島嶼上的人們徹底放棄了責任和義務。作爲戰爭對方的英國就這樣脫身而去；猶如金蟬脫殼。新加坡就此淪陷，開始了它作爲「昭南島」的苦難歷史。據《讀賣新聞》隨軍記者所說，二月十六日是一個清靜的早晨，甚至傳來了小鳥婉轉的啼鳴。爺爺在這天早晨撕碎燒掉了我父親的出生證和照片，他一邊燒一邊想，我父親這時候究竟是死還是活呢？我父親的東西全部毀掉之後，他這人就好像已經死了。爺爺不由生出白髮人送黑髮人的悲戚。這時候，慘絕人寰的大檢證和大屠殺還沒開始，日本人一登岸就在橡膠林裡殺中國人，他們將所有中國人都當成抗日義勇軍的事情也只是傳聞。但爺爺這樣做是非常英明的有備無患，他要消除我父親生活過的一切痕跡，好像他從不曾有過這個孩子。我父親會使整個家庭大禍臨頭，我父親給爺爺奶奶帶來的憂患眞是無限。這天早晨，英軍營房裡的氣氛輕鬆明快，人們像扔垃圾似地把槍枝扔掉，然後吹著口哨刮臉，就好像一次探險歸來。湯格林勛爵廣場步槍子彈堆成了山，日本人說：「就這些也足夠打一場戰爭啊！」這眞是一個和平的早晨，砲火寧息，槍聲寧息，街上有的店鋪甚至開張營業。在這個早晨，我小叔叔的臉上流露出沉思的表情。他的長睫毛在白皙的臉頰投下美麗的陰影，他的眼睛在幽深地閃爍。誰也沒有注意到，死亡正在向這孩子走近，死亡的光焰正照耀著這孩子。他沉思的目光掠過藍天下的膏藥旗，掠過一片焦土的武吉智馬的山頭，他的目光還掠過洋面，白色的泡沫就像是燃燒海水的灰燼。他沉思地推開門，走上了街，他看見成隊的日本兵，還有成隊的英國兵。日本兵和英國兵都在精神抖擻地歌唱。他的纖細靈巧、女孩子般的身影走過日本兵和英國兵的隊伍，誰也沒有看見他，好像他是一個隱身人。一陣刀絞般的疼痛這時忽然湧上他心，他痛苦地彎下了腰，回眸而來，他臉上傾瀉出心碎的表情。很多人從這個心痛的孩子身邊走過，漠然無睹，有日本人、英國人、印度人、馬來人，還有中國人。這個孩子馬上就要死啦，誰也救不了他。他這是在向他的死亡之地走去。這時有搶劫的事件在街上發生，跑進橡膠林避難的店主還未回來，他的店鋪便教人砸開，一袋一袋地往外拖東西，這是末日的景象。心痛的孩子直不起腰來，他頭朝下地望著身後的顚倒了的新加坡，新加坡就好像懸在空中的一片浮雲，剎那間便化作傾盆大雨，然後無影無形，煙消雲滅。

在這個早晨，小叔叔的眼前一定還出現我父親的身影，背著網籃，走出家門。他早已將我父親很有數的幾封家信背得滾瓜爛熟，他可從那簡單的幾句報平安的話裡，讀出隱藏的祕密。他知道我父親其實是在做什麼，這是他心中最大的喜悅。他還預感到我父親逃脫了一場滅頂之災，這場滅頂之災頃刻之間就要降臨。想到這點，他禁不住歡欣鼓舞。這場滅頂之災的氣息已經瀰漫在島嶼了，在南亞的太陽底下滯重地、黏濕地、濃厚地瀰漫開來。小叔叔從這氣息中穿行而過，去尋找他的同志。他的同志中間，有的已經犧牲在馬來亞的格蘭芝河畔，他們打完了最後一顆狙擊日本人登上新加坡的子彈，流盡了最後一滴鮮血。他的同志已所剩不多，並且早已流乾了眼淚。他們這時候見面，彼此都沉默無言，滅頂之災的氣息繚繞在他們周身和頭頂。他們全無二致地抱著胳膊，臉向街道站著，就像一群看熱鬧的街頭青年。他們面無表情地抱著胳膊，看著新加坡的街道。烏雲在天空流淌，轉眼間大雨傾盆而下，他們全淋濕了衣衫，頭髮貼在前額上。他們一動不動，站在雨中，濕漉漉的街道有一種哭泣的表情。日本人來了，他們沓沓地走過街道，衝進兩邊的華僑店鋪，將華人趕在下雨的街道，搜索著他們的店鋪。轉眼間，一條華僑商店街上，便布滿了淋得精濕的男女老幼。人們瑟縮著，又寒冷又恐懼，臉上都帶有呆若木雞的表情。太陽在雨後忽然顯露出來，混沌發白的一輪。這眞是恐怖的景象，一切都要開始了。一切都要開始的預兆，使我小叔叔和他的同志們有點激動，他們想，他們將要用鮮血去祭奠他們的戰友了。後來，他們果然幾乎無一逃生，逃生的人都鑽進了馬泰邊境的叢林，還有一個在大排檔賣炒河粉，幾十年來，他心甘情願擔負起我爺爺奶奶的生計，將他們稱作阿爸阿媽。

這時候，他們年輕而純潔，他們還不知道人間究竟有什麼樣的殘酷暴行，也不知道日本人究竟能創造出什麼樣的屠殺奇蹟。南京大屠殺距離他們很遙遠，希特勒的煤氣間也距離他們很遙遠，他們的島嶼是安寧的島嶼，遠離大陸，好像桃花源。這時候，他們心裡只是激蕩著犧牲的豪情，還有殉節的純情。雨停了，陽光照在街上，柏油路面升騰起白生生的蒸氣，人們的身上也升騰起白生生的蒸氣。人們茫然地站在街上，像一群無家可歸的人。其時，我父親已經唱著「山那邊好地方」的歌走入大陸腹地。「腹地」這名詞起得好，它有一種溫暖母腹的感覺，還有一種深入母腹的感覺。我父親就像一名眞正的戰士，穿著軍裝，打著綁腿，軍帽裡寫有部隊番號。這天早晨，小叔叔聽見了我父親「山那邊好地方」的歌聲，這歌聲好像是有形的東西，從洋面上方白騰騰的霧氣中穿越而來。

著名的李光耀，從日本人的屠殺中倖免於難，是一個天賜機緣。日本轟炸新加坡，南中國海成了一個火海的時候，他正在萊佛士學院等待歐洲戰火平息，然後去英國留學。他學的課程有經濟學、數學，和英國文學。他還在大學俱樂部裡博得出色雄辯家的聲望。戰爭打響，他成爲地方防護組織的一名流動醫療看護員。後來，日本占領新加坡，他進了一個集中營。這一天，日本人將他們一群人驅趕上一輛卡車，說是去郊外幹活。而李光耀心生疑竇，他覺得這輛卡車有點特別，他覺得這一天也有點特別，一股不祥的氣息攫住了他。我想，李光耀在任何地方都保持著冷靜和敏銳的覺察力，並且具有化險爲夷的運氣和才能，還有決心和勇氣。青年李光耀趁人不備，悄悄爬下了卡車，他想，這一趟幹活我一定不能去。他迅速地溜進還沒輪上去幹活的人群之中，貌不驚人地站著，聽著卡車引擎發動，呼嘯一聲，向海邊駛去。我想，李光耀等這輛卡車回來，從早晨到夜晚，從夜晚到早晨，可是這一輛卡車永遠沒有回來。許多輛卡車永遠沒有回來。有的卡車開到山裡，有的卡車開到海邊。車停之後，人們被趕下地，用鐵絲每五人捆在一處，然後機槍掃射。日本人還用機槍驅趕人們向海水深處走去，如果回頭便是一梭子子彈。屍體漂浮海面，被波濤推擁數十里。然後悄無聲息地沉下去。那幾日，海面上飛翔著成群禿鷲，牠們淒厲地叫著，俯衝而下，啄吃屍體的眼珠。牠們黑壓壓的一片，追逐著波濤，這是什麼樣的海上奇觀啊！當屍體倏忽間消失在波濤的褶皺間，禿鷲便發出絕望的憤怒的叫聲，這叫聲有點像嬰兒的哭聲。在傍晚低垂於海面之上的日頭裡，那情景就像是禿鷲與波濤的搏擊。那幾日，新加坡的地底深處，埋藏了無數具屍骨，這些屍骨幾乎使這島嶼的地面隆起，這島嶼就像是海洋裡的一個巨大墳墓。在屍骨之上，新加坡再也難以安眠，新加坡的夜從此變成驚悚之夜。無數冤魂在這島嶼的上空飄蕩，淒慘地哭泣著。陽光下屠殺的情景怵目驚心，日本人有時讓赴死的人們乘上小船，小船一艘一艘地在蔚藍大海中蕩槳，看過去，是一副風和日麗的假日氣象。而頃刻間槳手被機槍射中，小船翻入海中，血水蕩漾。日本人便扛著槍回兵營了。海底有多少白骨，最後成了藻類一般的生物，在海洋幽深處發出綠色的磷光，就像是一群靈魂。太平洋底在一九四一年底和一九四二年初，增添了一批這樣的綠色的藻類，它們在黑暗的深水裡緩慢地漂游。它們還使太平洋的海水混沌了，加深了顏色，使它的海流滯重沉緩，當它觸及礁石的時候，便發出沉悶的撞擊聲，就像是一塊礁石撞上了另一塊礁石。

華僑大檢證是在二月二十一日正式開始的。在此之前，人們就被趕出家門，集中在一起等候。其時，山下奉文把全島分成四個大區，市內區屬河村少將的警備隊管轄；東區屬西村中將的近衛師團管轄；中區屬松井第五師團；西區屬牟田口少將第十八師團。然後，山下奉文便下達命令，三天之內肅清全島華僑抗日分子。參謀部計畫處決五萬名華僑，這數字來自僑居新加坡的日本人檢舉和從原警察手中得到的「抗日華僑手冊」。日本人早早就將華僑驅趕在一起，風餐露宿。人們木然地坐在東南亞一陣風雨一陣日頭的天空底下，憂心忡忡，不知道等待著的是什麼命運。他們有的還背著行李，以爲從此要被驅逐，成爲眞正的難民。他們扶老攜幼，跌跌撞撞地走到集中地，受著日本人棍棒的威脅，嘰嘰呱呱的日本語猶如地獄裡的聲音。有人在日頭曝曬下昏倒，還有人發著高燒。他們挨過一天又一天，到了後來，幾乎氣息奄奄。二月二十一日的清晨，所有的聚集地周圍忽然間都架起了機槍，機槍的形狀在漸漸消散的晨霧中清晰起來。它們整齊地排列，好像一道柵欄。槍口向著前方，帶著凝視的表情。我想這一刻是寂靜無比，能聽見習習的風聲。恐怖的時刻來臨了，恐怖的時刻眞地來臨人們的心都寧靜下來，是萬念俱灰的寧靜。孩子都不哭了，昏倒的人也甦醒了過來。我爺爺和我奶奶坐在人群中間，風習習地從他們耳邊走過，他們身上的衣衫已經幾天幾夜沒有換洗，雨水淋濕又被日頭烤乾，散發出難聞的氣味。幾天的煎熬已熬乾了他們的身軀，他們看上去都是那麼骨瘦如柴，搖搖欲墜。他們身邊坐著我一黑一白兩個叔叔，姑姑應當是和她的夫家在一起。他們的身上全都散發出那種汗水、雨水、露水的混雜難聞的氣息。他們帶去的水都喝光了，乾糧卻一點沒有動。在這幾天裡，已經有人慢慢地死去，屍臭浮起，在空氣中瀰漫，籠罩了島嶼。新加坡就好像是一具大屍體，是海上漂浮的一條死鯨魚。太陽移到中天的時候，檢證開始了。人們站立起來，飢餓和乾渴還有酷熱使他們的腿腳都打著顫，他們的心已經麻木了。他們在拳棒交加中排成隊，向前走去。我不知道小叔叔是怎樣僥倖通過檢證的。漢奸立在日本人身後，指認著抗日人士和義勇軍成員，他們居然沒有認出他來。我覺得小叔叔通過檢證簡直是個奇蹟，他即便逃過漢奸的眼睛，又怎能逃得過日本人的眼睛。年輕華人是日本人最爲注意的目標，在他們眼裡，個個青年都是勇敢的義勇軍。華校的學生尤其引起他們的懷疑，每一所華校似乎都是一個共產黨的支部。據資料上說，檢證後來其實漫無目標，隨心所欲，全憑著日本人的感覺而來，有時僅僅因爲長相斯文、一表人才，也被他們趕上卡車，駛向屠殺場。像我小叔叔這樣，年輕、斯文、英俊，華校學生、抗日志士，卻從嚴酷的檢證中脫身，令人不可思議。被「肅清」的可疑人士被踢出隊伍，離開他們的家人，他們起先彼此都有些惘然，不知將他們留下是要幹什麼，不想這卻成了永訣。這幾天，島嶼上穿行著呼嘯而過的卡車，奔赴各自的死亡之地。卡車上的人們表情漠然，被太陽曬得木了臉。島嶼四周的海水有一種沸騰的景象。

我是在五十年以後來到那裡，海水已經清澄，天空像倒懸的海水。我想，也許天上也有一個人間，我們的海水就是他們的天空，天空是他們的海水。天空深處也沉積著他們白骨化成的傷心的藻類，那就是我們所看見的流線的雲彩。我在酷熱的天空下走著，島嶼的地面灼傷了我的腳心，痛感穿心而過。我想，爺爺奶奶是傷心而死，他們經歷了說不盡的恐慌與憂愁的日子，最後身心交瘁，相繼而去。他們死在一九六〇年，在小叔叔死後又度過了十七年的貧困憂患。他們的孩子最後只剩下叔叔和姑姑，一個出嫁，一個在身邊。我叔叔是一個不讀書的人，他成天忙忙碌碌不知在忙個什麼。他做工和失業的日子正好一半對一半。他有著浪蕩子的氣息，心底卻透明無邪。所以，他是一個可愛的浪蕩子。他有一次把奶奶買米的錢賭得個精光，爺爺掀翻了桌子，叔叔推倒了碗櫥，奶奶眼淚長流。我想奶奶常常背著爺爺去向姑姑要錢，姑姑掏出了她的私房錢。姑夫的事業度過戰後的低潮之後，蒸蒸日上，是一個騰飛時期。這是李光耀執政的初期，他雄心勃勃，頭腦冷靜，決心發展經濟，新國旗飄揚在新加坡的上空。新國旗有紅白兩色，嵌著一彎新月和五顆星星。新加坡進入了建設的時代，需要嚴謹的、埋頭苦幹的工作作風。像我叔叔這樣的浪蕩子，感到了痛苦的拘束，他的自由天性教他處處碰壁。李光耀的時代是我爺爺家又一個不幸的時代。我覺得，我爺爺家，是養育革命者和浪蕩子的搖籃，這便是爺爺奶奶傷心的源泉。革命者和浪蕩子全是漂流的島嶼性格，革命者和浪蕩子給爺爺奶奶帶來無盡的傷痛，他們走的走，死的死，胡來的胡來。我想，我叔叔如果喜愛讀書，他一定也會去參加馬來亞共產黨，假如再僥倖逃過日本人的槍口，他便會去馬泰邊境打叢林戰。他們兄弟的天性本質上是一回事，由於叔叔無緣革命，他只得到賭場上去期待奇蹟發生，賭場是充滿幻想和戲劇性的地方。叔叔的嗜賭是這一時期我們家的大問題，這使我們家永遠積累不起財富，跟上國家發展的腳步。那時候，爺爺家真是很難很難，家徒四壁，嬸嬸只得出外做工，丟下一群孩子。嬸嬸是繼曾祖母和奶奶之後，支撐我們家的第三代女性，她是一個性格穩定、態度從容的女人。她進我們家，頭一樁事，就是爲曾祖母送終。曾祖母能夠一逕活到一九五四年是一個奇蹟。她經歷了我父親出走，三年半杳無音訊；經歷了大檢證；還有小叔叔的死。她好像決心要把所有的劫難全都度過，終於完成大業，到了與世長辭的一九五四年。喪事的規模極大，靈柩停在一大片空曠的墓地，牧師在讀禱文，說著「阿門」。這張照片我從小見慣，我沒想過有一天會去那墓地。當我去那墓地的時候，照片上的空地已經墓碑林立，密密匝匝。這期間有多少島民在此安息，在此永生，將此作了歸宿之地。這使這島嶼有了家園的面目。我想曾祖母死了之後，爺爺就像皮球洩了氣，他好像一下子失去了罵人的對象，他變得有些沉默。其實一個暴烈的人的沉默是可怕的事情，他將憤怨怒氣積壓在心裡，最後的爆發會將他焚燒成灰。我覺得爺爺的死其實是被他自己的暴怒殺死的，他是他自己的殺人凶手。嬸嬸站在毒日頭下，向我敘述爺爺奶奶去世的情景。她的神情就好像在向我作一個彙報，她將我視作我父親這家中長兄的代表。嬸嬸說，最後的四年爺爺一直在病榻輾轉，那是在曾祖母去世的第三年頭上，爺爺一病不起，一日挨一日，一年挨一年。這四年裡，奶奶辛勞異常，她要伺候爺爺，還要帶孩子，好讓嬸嬸去做工，補貼家用。她苟延殘喘，就像一盞熬乾油的燈，在風中搖曳，眼看著要滅。到了一九六〇年十一月，奶奶終於病倒，血流不止，好像崩潰了一座血山。她病到後來，周身發黃，像一個蠟人。奶奶不肯去醫院，她一直守著爺爺。她知道，她要離開爺爺，爺爺就得死。她心裡明白，卻說不出來。最後，家人們在她昏迷的時候將她送進醫院。奶奶離家之後，爺爺忽然變得暴怒不安，他就像一頭絕望的困獸。這是他的最後的暴怒了，這是一種火山噴發般的暴怒。他周身流淌著滾燙的岩漿，使他無法有一刻安寧。奶奶送進醫院不久，爺爺也被送進了醫院。他進的是精神病院，人們以爲他精神失常，而我知道他不是，他很正常，他是傷透了心。他心無完膚，支離破碎。爺爺在醫院裡，他的暴怒已到了無可壓制的地步，他開始毆打醫工，後來，他也遭了醫工的毆打。我是多麼多麼地心疼，疼乾了眼淚。他孤獨一人躺在陌生人中間，陌生人還打他。爺爺最後奄奄一息，他最後的喘息是他無可奈何地吞吐暴怒，這暴怒一口一口吐出去，越來越微弱。最後，他吐盡了最後一口。爺爺死去的第三天，奶奶在另一家醫院闔上了雙眼。自此，她辛勞的、傷心的、憂愁的、驚嚇的一生結束了。我多麼多麼希望有天國那樣的地方，好讓爺爺奶奶快樂，他們從來，從來也沒有過快樂。小叔叔的死是最後最後地消滅了他們的快樂的希望。

我的堂姊堂兄弟是同新加坡這國家一起成熟起來的一代。他們出生在這島嶼的建設時期，與這島嶼共同度過了獨立和建國的日子。他們有著慘澹的童年，我爺爺家只盛產革命者和浪蕩子，建設者的工作是從頭來起。他們是我們家建設的第一代。他們在我嬸嬸的艱辛拉扯下，一天一天地長大。他們的衣食和學費永遠是我嬸嬸最頭痛的問題，她有時不得不採用拆東牆補西牆的辦法。叔叔總是在外面遊蕩，三天打魚，兩天曬網。別人都在埋頭工作，像他這樣遊蕩的人其實內心非常孤獨。李光耀在建設著秩序井然的國家，排除一切干擾。他像是在修剪一棵野樹一樣，將妨礙生長的枝杈全部剪去，好讓它長成根深柢固的參天大樹。李光耀深知在太平洋的島群是多麼漂浮不定，太平洋又深又廣。他說：「我們生活在世界上一個危險的部分。」他說：「有些人能置我們於死地。」這是在卡車從島嶼上呼嘯而去屠殺場的日子裡，他所了解到的。他說在地球上建設天堂這理想，「我們已經承擔不起。」他知道惟有消除幻想，腳踏實地，一步一趨。他將色情場所、祕密會黨全都從島上肅清，他還過河拆橋地打擊共產主義分子，建立他的集權統治。他在幾個大國之間玩著翹翹板似的平衡遊戲，保持獨立。他自信只有他李光耀的政權，才能使這島嶼在這世界的危險部分生存下去。我的堂兄弟們就是在李光耀的幫助下所產生的一種人民，「幫助產生一種人民」，是他的立國之本。產生一種人民其實是一件重要的事情，這一種人民的名字叫做「新加坡人」。我的堂兄弟們是在我們家空蕩蕩的家徒四壁的大房子裡長大，他們的童年生活充滿了貧困和疾病，還有死亡。爺爺奶奶去世之後是他們淒慘的日子，九歲的堂姊姊成了小媽媽，她一天燒三頓飯，還要讀書。她是我們家第四代承擔我們家重任的女人。我的堂兄弟們全長得一表人才，公司裡身兼要職。他們溫文爾雅，勤勞肯幹，將孩子送到好學校。叔叔的遊蕩也已到了頭，他現在退了休，倒又在辛勤地幹活，每天早出晚歸，頭頂滿天繁星。他現在大約偶爾還會去買一張六合彩，六合彩是這社會裡唯一的概率極低的奇蹟，是這社會留給人們幻想的一道縫隙，讓人們作作夢。他爲新加坡的高速鐵路感到自豪，吵著要我去乘快鐵，乘過之後就問我：「快不快？」我說「快！」他便露出滿意的表情。他還問我：「新加坡美不美？」我說：「美！」他臉上又露出滿意的表情。我覺得他就像一個被李光耀調教好的孩子，乘上最末一班車，趕上了快鐵疾駛的時代。快鐵是那樣疾速而又靜默，它悄無聲息穿行在新加坡的地上和地下，從新加坡不夜的燈火中穿行而過。爺爺的三個兒子，一個被放逐，一個被槍殺，另一個被調教，加入了「幫助產生的一種人民」。

新加坡最後獨立的日子，是我父親眞正被放逐的日子。我父親在一個中國人的生涯中，已走得太遠，就像前邊所說，走入了大陸的腹地。他做一個中國人的命運已無可改變。我父親在晚年回顧自己的一生，他不明白做一個中國人是幸還是不幸。可我認爲，像他這樣一個浪漫的理想主義者，只有和自己的民族在一起。去做一個再生的人民，他缺乏自制力和堅強理念。他的情感會給他帶來麻煩，他不安全，新加坡也不安全。我父親做中國人的道路相當不平坦，可說是磕磕絆絆，跌爬滾打。他行軍忘了穿草鞋，站崗忘了上子彈。第二次去根據地，我父親就有回家的感覺，他走在路上，心裡躍躍的。他把我爺爺奶奶的島嶼一古腦地丟在身後，他與它從此音信杳然，彼此都斷了想念。太平洋戰爭還有點像我父親再生的日子，他想他是一個眞正的大陸之子。這是一個心底純潔的歸向的時期，他消除一切雜念，全身心投入。第二次世界大戰結束，我父親已是一個成熟的革命者，經歷了多次考驗，加入了中國共產黨。在日本投降的歡慶鑼鼓中，我父親想起了遠在南洋的爺爺奶奶，一陣牽掛這時才湧上心頭。他忽然想到爺爺奶奶可能還活著，他還想到爺爺奶奶在這三年半中可能發生的任何事情。日本投降給人們帶來世界和平的氣息，還給人帶來革命成功的印象。戰前的和平時期的一切都撲面而來，我父親就是在這時候想起了他的家。我想，我父親給爺爺奶奶寄出那一封平安信，他一定事先向組織請示。這時他已建立了嚴格的組織性和紀律性，他向組織彙報了他的想法。其時，組織也沉浸在一片勝利喜悅中，內戰是大家都未及想到的事，嚴酷的國際冷戰也是大家未及想到的事。共產主義似乎已經到了眼前，那是人間天堂。組織上一定欣然同意父親寄平安信，他們說世界和平已經來臨，所有的無產者都是兄弟。這時節，我爺爺奶奶確實已成了赤貧的無產者，他們到死也沒能積攢起一點財富。父親的平安信我想一定周折不少，他先是託人帶去上海，信在上海的郵局躺了多日，才載上去香港的郵船。從香港到馬尼拉，從馬尼拉到沙撈越，從沙撈越到蘇門答臘，再到馬六甲、吉隆坡。等它繞完一整個南中國海，到達新加坡已是半年之後。這封平安信是爺爺奶奶生命中最後第二個安慰，最後一個安慰是看我的照片。爺爺奶奶從日本人占領新加坡的第一日起，就不再相信我父親還活著。爺爺將我父親的出生證撕掉時，就已使自己相信，我父親已經屍骨無存。他們一直以爲小叔叔是他們第二個死去的孩子，是他們第二次喪子。他們以爲從此，孩子就要一個接一個死去，這世界就是死亡的世界。父親的平安信是一個復生的喜訊，是這死亡世界的一絲生的光明。爺爺給父親的回信中連連寫道：「幸慰，幸慰，莫大的幸慰！」看到這句話我就好像看見爺爺老淚縱橫的景象，還看見爺爺偷偷去碼頭給父親送行的景象，這是什麼樣的欣慰啊！

爺爺死的時候神志已經錯亂，眼光渙散，許多種景象交疊在一起，在他腦海中湧現。

其中有一個場面就是在碼頭送我父親，他站在毒日頭底下，汗流進嘴裡。我想，父親那時還是個小不點，擠在人群中，一點不起眼。輪船停泊在岸邊，強烈地反射著陽光，炫得人睜不開眼。爺爺一會兒看見我父親，一會兒又看不見我父親。我父親就像一個光斑一樣閃閃爍爍。輪船離岸，彩帶飛舞的景象也覆蓋上來，日光像一具刺目的蛛網一樣籠罩著爺爺。爺爺一生中所有的場面都是在炎日下進行，南亞的太陽灼傷了他的心。他最後是心痛而死，心是一顆燒焦的心。他死在新加坡的好日子裡，可這好日子和他不相干。他就像一具枯木，萬物爭榮的春天與他無關。不幸已經占領了他的全身心，幸福沒有立錐之地。在他死後，他曾經走入我父親的夢中，這是一個令人驚懔的夢中夢。我父親夢見爺爺走到他的床邊，他一驚，夢醒了，他拉開電燈，卻見爺爺還在他身邊，他再一驚，才又一次醒來。夢中的爺爺給我一種表情固執的印象，他還帶點孩子氣地耍賴，就是不肯離去。父親其實一直在爺爺心裡，一年過一年。給爺爺上墳是我肝腸寸斷的日子，一片墓碑就像海上的白帆，太陽照著他們。爺爺奶奶從墓碑上焦愁地看著我，我想不出他們的笑模樣。馬來老人剪著他們墳上的野草，就好像在剪他們的憂愁，野草剛剪完又滋生出一層絨毛。他們合葬一處，墓碑上刻一株並蒂蓮。可他們都那麼愁苦，愁苦加愁苦，互相怎麼安慰得了？

我的堂兄弟中有一個和其他所有人不像，他長得格外白皙、清秀，眼睛柔媚得像姑娘。他是那種鼻梁挺直，臉頰瘦削的希臘臉型。他還特別地沉默寡言，一聲不吭。人家喧騰嘈雜，鬧翻了天，他總是悄然坐一邊，看上去特別地寧靜，而且透露出神祕的氣息。我想，小叔叔就是這樣的，而且我驚訝爲什麼別人都沒注意到這個。自從看見了這個堂兄弟，小叔叔在我腦子裡就有了具體的形象，栩栩如生。在此之前，他總是影影綽綽，如風如雲。小叔叔的遇難是在大檢證之後的一九四三年。在大檢證之後，新加坡還經歷了一場卑鄙慘痛的大勒索，要島上華僑限期內籌集「奉納金」五千萬元，這榨乾了島民們的血汗。在此之後，島上出現了一個相對平靜的時期，人們戰戰兢兢，惴惴不安地重新開張店鋪，做工度日。人們就好像從一個噩夢中剛剛走出似的，心感惘然。新加坡變得又熟悉又陌生，就像久別重逢。太陽如同以往早晨升起，晚上落下，北季候風換來南季候風，雨季過去了。而在這平靜的表面下，有一些青年開始行動起來，他們全都是虎口脫生，他們還都目睹了同伴們的一去不回。他們看上去與往日一樣，穿著短褲短衫，拖著木屐，在街上找著活幹，汗水濡濕了他們的衣服。他們臉色平靜，對周圍一切視而不見的樣子。巡邏的日本憲兵走來，他們臉上也露出恭順的表情。然而，他們中間，卻不時有人神祕地消失。在深沉的沒有星光照耀的夜晚，有人悄悄走出家門，走過街市，走入了茂密的叢林，叢林像青紗帳樣掩隱了他的身影，從此，叢林裡就多了一個憤怒的槍口。在同樣的深沉沒有星光照耀的夜晚，街市上會忽然間落下一陣傳單，好像天空降下露水，傳單上寫著激昂的號召抗擊日本人的話語，給這島嶼增添了令人興奮又不安的氣氛。搜捕的事情開始發生了，日本憲兵的警車在島上呼嘯而去，呼嘯而來，劃破了寂靜的天空。再接著，叛變出賣的事情也相繼發生。這些日子，小叔叔他就好像走在刀的薄刃上，可他心平如鏡，心淨如水。在日本人登島的那一天開始，小叔叔其實就走進了死亡的黑暗隧道，他比誰都能嗅見籠罩島嶼經久不散的死屍的腐臭氣息。無論屍骨埋葬多深，這氣息都破土而出，在島的上空流淌。他的眼睛變得無比幽深，就像一口古井，誰也看不到底。我想，他是留在島上抗日的那一群，叢林也在向他招手，拿槍的情景陶醉著他的心。可小叔叔他卻終於留在島上，這島上有一樣東西羈絆住他的腳，這東西的名字就叫做死亡陷阱。小叔叔始終對著叢林微笑，叢林的景象充滿他的心。可他一步都沒離開島嶼，他每天早上出現在新加坡的街市上，是人們熟悉而親切的身影。小叔叔被捕是在這一天的清晨，是姑姑回娘家的一天。她懷抱著剛滿月的大表姊，高高興興向家走去。她走在街上就已經聽到呼嘯的警笛，可她沒往心裡去。這一天，我姑姑心情很好，大表姊是她第一個孩子，十月懷胎是在最恐怖的日子度過，大家都爲她擔心。然而她生產順利，母女平安，姑姑她就好像度過了一個大劫難。她相信這孩子會給大家帶來好運，剛做母親的姑姑心裡總是又甜蜜又歡喜。她抱著嬰兒往家走。當她走到離家二百米處，卻見家已被警車團團包圍。三輛警車呼嘯地打轉，我們家就像一座被圍困的城堡。小叔叔被拉上警車，轉眼間警車飛駛過姑姑身邊，她索索地抖著，不知道發生了什麼大禍。當警笛向這裡接近，還在床上的小叔叔便一躍而起，他從床下拖出一捆傳單，點上了火。煙霧頓時瀰漫了全屋，家人驚恐不已。小叔叔卻鎮定如常，他的眼睛凝視著火光，在那極深處跳躍出兩朵火花。這一天終於來臨了，小叔叔就好像去赴死亡的約會。他被日本人拉出家門時，嘴角似還帶著微笑。這一年，他才十八，臉上充滿了稚氣，他的眼光還很好奇，他還沒交過一個女朋友。他就這樣被推進了警車，他的眼睛還來得及掠過一下天空，這是最後一次看見天空。他想，天眞是晴朗啊！

日本憲兵的殘酷刑訊全世界聞名，灌水炙電，許多人挺不過去供出了同伴，自此苟活一生。我肯定小叔叔沒有卑躬屈膝，他的死就是有力的證明。後來有從獄中回來的人說，小叔叔堅貞不屈，被日本人活活打死。我想，當小叔叔被推到日本人面前，他們也感到驚訝，他們想：怎麼會將這青年錯過？這青年是他們一直在尋找的抗日青年。小叔叔年輕、純潔、嚴肅、沉靜，使他們覺得以前抓的人都不是抗日分子，而惟獨這個才是。爲了糾正他們的錯誤，他們拚命拷打小叔叔。小叔叔自從進了憲兵隊就再不開口，他神態平靜，看上去還很溫柔。而他的柔韌卻教日本憲兵膽寒，他們完全喪失了理性。我想，小叔叔的靈魂其實早已從軀殼脫身而去，飛翔在空中。他就像一隻鳥兒似的，在新加坡的天空飛翔，飛過碧波蕩漾的大海。小叔叔在島上生，在島上長，他從來沒有離開過島。他的靈魂在天空俯瞰島嶼，他才發覺這島嶼眞是綠得教人心疼，玲瓏剔透，隨波逐流。這時候，他哭泣了。小叔叔死的時候，四周靜悄悄，有水跡漸漸爬上牢房的板壁牆。他的長睫毛最後地覆蓋了他的美麗溫柔的眼睛，將他的臉龐籠罩在一片涼爽的蔭地。小叔叔死，最後地破碎了爺爺奶奶的心，他們的心從此成了碎片，永不復合。父親的平安信救不了他們，我的照片救不了他們，新加坡的好日子也救不了他們。一九四三年裡被判處死刑的還有佐爾格和尾崎秀實。他們坦然迎接死亡。他們的一生是戰士的一生，可說戰鬥到最後一刻。他們最終完成了共產國際的委託，阻止日本北上，而取南進之路，爆發了拯救克里姆林宮的太平洋戰爭。

最後我再說一遍前面已經說過的話，「從地圖上看，大陸也是漂浮的島嶼」。地球上的所有陸地，全是海洋中的礁石，供人類棲身。人類其實是一個漂流的群體，漂浮是永恆的命運。太平洋的島群就好像是一個縮小的地球景觀，島嶼就是大陸。海洋也許是人類最後的歸宿，是人類漂流的盡頭。這便是太平洋所有的傷心所在。

一九九二年十月三十一日

一九九二年十二月十八日

神聖祭壇

她忽然狂喜地想到：她與他只有咫尺之遙了。

她想起這一日裡，她與他的等待都歷盡了艱辛，好像概括了他們彼此的一生。

眼淚奪眶而出，她任憑眼淚歡暢地流淌，洗淨了心中幾十年來希望與失望沉澱起的雜質。她好像是懷了一個追求聖跡的使命，才來到這布滿凡人庸碌腳印的世上。而現在，她終於接近了——

1

戰卡佳是一名中學老師。在農村插隊七年以後，第一次大學招考時，考上了師範大學，然後就做了教師。戰卡佳所在的學校裡頗有寫詩的風氣。有一個詩社，專門學習和寫作律詩，由一位翟先生課外主持。現在的學生大多喜歡新詩，朦朧詩已是陳舊的東西。這個城市裡有「城市詩派」，學校裡就暗暗的有一個名叫《街頭宿夜者》的詩刊，由學生們自己寫了詩，抄在一本練習簿上，大約每個星期抄一本，流傳得相當廣泛。翟先生的詩社只有七八個學生，大多是男生，只一個女生，起名叫「天井」。翟先生常常在說：是誰創造了「天井」這個詞？在水泥鋪地，屋檐蓋頂的城市裡，惟有高牆上的一方藍天，透露給人們自然的消息。高牆圈起了藍天，謂之「天井」，那是淒涼而美麗的名詞。坐在翟先生對面辦公桌的戰卡佳，望了翟先生清癯的面容，心想：翟先生獨守著一方天井的樣子，是多麼令人感傷啊！她也暗自好笑《街頭宿夜者》的名字。既在城市，又要流浪，既要流浪，又流不出城外，結果還是宿在街頭，自甘落泊罷了。其實，城市是沒有詩的，詩是農人和閒人的事，而這兩類人都無法在城市裡寄生。又要寫詩，又要在城市，還要瀟瀟灑灑的，就只得在街頭宿夜，或者被逼到後天井裡去了。說到底，不論「街頭宿夜者」也好，「天井」也好，都是軟弱的折衷，看人看事都很透徹的戰卡佳這樣認為。

有一個學期裡，學校舉辦藝術節，讓翟先生的「天井」詩社出個節目。翟先生申請了一間朝西的教室，讓社員們從各自家中搬來吊蘭、文竹一類的淡雅的花草，還有一些精心挑選的盆景，布置了起來。將他們創作的詩詞用毛筆抄在宣紙上，一幅一幅懸掛在潔白的牆上。明亮的窗戶外面，正是一片連綿起伏、波濤似海的屋脊，屋內隱約有《梅花三弄》的古琴樂曲。開始的時候，三三兩兩的有一些人來，看看花草，讀讀詩，然後走了出去。後來，人漸漸少了，或有人來，也不過是探一探頭而已。天色漸漸黃昏，社員們見沒有人來，也都一個一個告辭回家了。當戰卡佳來到「天井」的時候，只見翟先生自己，背了夕陽如血的西窗，靜靜地坐著，入睡了一般。戰卡佳沒有打擾他，又輕輕地退了出來。這時候，有兩個女學生匆匆地從後面趕上，差點兒撞在她身上。戰卡佳見兩位都是她班上的好學生，平時也很斯文，這會兒卻奔跑成這個樣子，便在身後問道：「做什麼去啊？」其中一個站住了腳答道：「項五一來了。」另一個早已衝到幾級樓梯下面。

戰卡佳知道項五一是一個著名的新詩詩人。有一回，她的學生很信任地將一本《街頭宿夜者》總五十三期，借給她看。記得有一首詩的第一段是這樣的：

向，向，項五一
五一是一個節日
五一是一個詩人
五一是一個孩子

當時她想：項五一是一個領袖。可是在這首詩的最末一段，卻這樣寫道：

向，向，項五一
五一是一個一八八九年的節日
五一是一個一九七七年的詩人
五一是一個一九四九年的孩子

於是，她又想，項五一是一名落伍者。然後她就睡著了。詩刊落到地上，有一頁被風吹起，碰到了點燃的蚊香，正好在「五一」兩個字上，熏焦了。第二天，她將詩刊還給那位學生時，很抱歉地講敘了事情過程，請他原諒。不料他卻興奮起來，說道：「一盤蚊香，熏焦了『五一』的名字，這太棒了，實在是一個象徵！」戰卡佳不明白這偶然的事故棒在哪裡，又象徵了什麼，只是見那學生沒有計較，便放下心來。

這時候，她站在樓梯口，那兩個女生轉眼間沒了影子。她猶豫了一下，也跟著下了樓梯。只見樓下有一間教室。門口圍了多人，還有人爬到門上的氣窗，吊在那裡往裡看。她不由好奇起來，就走進隔壁一間辦公室。她知道辦公室裡有一扇門可通教室。她進了辦公室，將辦公室的門反鎖上，然後才去開通向教室的門。門的插銷很緊，因爲長期不開，生出了鐵鏽。戰卡佳努力扳動著插銷，用身體全力頂住門，好叫插銷活動。當她終於拔開插銷，手上沾滿了黃鏽，甚至磨出一個血泡的時候，她忽然「噗哧」地笑出了聲，她想：她這是在幹什麼呀?而她本來應該想到可卻萬萬沒有想到的是，門的那一面，掛了一塊黑板。她這裡一使勁拉開了門，那黑板便落在兩名男生肩上，再由肩上落到地上，發生「砰令哐當」一陣響。滿滿一教室的人都回過頭來，看見一位老師一頭一身灰土地站在教室後面。教室裡靜了有那麼一刹那，然後便爆發了快樂的笑聲。人們想到：這個場面眞是太棒了，太富有象徵意義了!

戰卡佳和項五一就是這樣的情景下見面了。項五一站在講台前，越過坐在椅子和椅背上的孩子們，看見一個受窘的大孩子，她喃喃地說道：「同學們……」然後笑聲四起，淹沒了她的聲音。項五一不由也微笑了。接著，他看見，孩子們讓開了一條道，讓她走到前邊，甚至還擠出一個位置給她坐，他想：這是一個受孩子們喜愛的老師，被孩子們喜愛是多麼不容易啊！他心裡不由生出一點妒忌。落日的餘暉照在玻璃窗上，正好反射在她的眼睛，她的眼睛裡面好像有一顆金星在舞蹈。她漸漸地鎮靜下來，撫平了頭髮，臉上浮起了矜持的笑容。她好像在一秒鐘內成熟了，由一個孩子成熟爲一個大人。他心中充滿了幻覺般迷茫又驚奇的感情，想道：這是怎麼一回事情？然後，他開始朗讀。

這一首詩，是關於詩是如何地蒼白。他的無論多麼飽滿的熱情，卻在紙上不可阻擋地蒼白下去。這樣的時候，詩就像是一個矜持的陌生人，什麼也不告訴項五一。而當項五一要告訴它什麼的時候，它則什麼都不願意聽見。項五一好像一個被關在門外的頑童，他用他的手、腳、肩膀、前額去撞門，門卻巋然不動，就像一面石壁。他朗讀的聲音低沉而緩慢，使人聯想到一個人在泥濘的道路上艱難地行走。他按著詩稿的像農民一般粗大的手指，不安地急促地移動著，詩稿便發出焦慮的窸窣的聲響。他的聲音忽然嘶啞了，發出一種古怪的隱蔽的尖嘯。教室裡靜極了，他的喘息聲便格外地刺耳。他寬闊的肩膀緊張地前傾著，重心在分開站立的雙腳間交換，使得他的身體微微地擺動。他念完最後一句的時候，詩稿被他按著的手指終於撕裂了。他抬起頭，迅速地望了一眼面前的聽眾，疲乏地笑了一笑。人們似乎是共同地吁了一口氣，開始咳嗽、說話、變換姿式，桌椅板凳咯吱咯吱響著。教室裡不知不覺地暗了，有人拉開了日光燈，項五一這才發現，原來，人們的臉色是這樣地蒼白。

前排有一個學生舉手提問了。戰卡佳斷定這是一個從外面來的大學生，模樣與神情顯然要成熟得多。他高舉兩個手指在空中迅速彈了一下，然後問道：

「您爲什麼寫詩？」

項五一低了低頭，然後再昂起來，意外地平靜地說道：「我以爲詩可以爲我承擔我必承擔的，所以我寫詩。」

「您以爲您的目的達到了沒有？」又是那一個外來的大學生作出深奧的樣子問道。

項五一回答：「有時候。」

「僅僅是有時候？」那學生又問。不知爲什麼，同學們都笑了。

「是有時候。」項五一眼睛直視著提問者清秀白淨的臉，心想：這多麼像一張女人的臉蛋。

同學們又笑了，笑得非常快樂。戰卡佳不明白這有什麼可笑的，她卻感覺到這笑聲中埋伏了可怕的危險。她目不轉睛地望了講台上的項五一，手心裡微微地出了汗。

一個坐在窗檯上的年輕人提問了。那是一個畢業班的學生，傳說他就是《街頭宿夜者》的頭兒，他的詩在市級刊物上發表過，項五一也就是他聯繫請來的。他以一種不無造作的手忙腳亂爬起來，站在窗檯上，有意無意地踩在一個同學的手背上，引起了又一陣笑聲。他終於站定了，就用結結巴巴、不擅措辭的口吻說道：

「項五一，您剛才說的，您要用您的手、腳、肩膀，還有前額去撞門，撞來撞去卻撞不開。我建議您試一試，用屁股去撞。」

一陣前所未有的瘋狂的笑聲平地拔起，如同一聲炸雷。一陣徹心透骨的絕望抓住了戰卡佳，她不由地想道：糟了，事情要糟。

項五一撐著講桌的手臂扭動了兩下，重心在兩腿之間轉移得更爲頻繁了。他臉上的笑容凝固了，變得有些猙獰。他從牙縫間吐出了一聲：「謝謝。」

孩子們笑得快要死過去了似的，一個個彎腰折背，前仰後合，有人從椅背上滾了下來。他們從來沒有期待過，會有這樣一個快樂的黃昏。而戰卡佳已經明白了，一切都將不可避免地發生。

接下去發言的是一個豆芽菜似的初中男生，他以他那還沒變聲的細嫩的嗓音靦腆地提出一個鄭重的問題：

「您認爲，詩是什麼？」

項五一粗暴地回答道：「於我來說，詩是莊嚴神聖的，是不能夠在這種場合裡隨便議論的。」

教室裡忽然地靜了，有一個孩子笑了一聲，發覺情形不對，趕緊住了口。戰卡佳手心裡全是汗，她又一遍地想：糟了，這一回是眞的糟了。他不懂得孩子，他不懂得不應當與孩子們爲敵，萬萬不能與孩子們爲敵的啊！

無數尖利而稚嫩的聲音響了起來：「你爲什麼要來這裡？」「你讀的難道不是詩？」「不是詩是什麼？」「是狗屎！」他漲紅了臉，返身下了講台，想要奪門而出，卻教孩子們擁住了。擁住他的孩子們，將一本本翻開的筆記本塞給他，讓他簽名。他本想不簽的，可是拗不過，簽了一個，所有的就都不放過他了。筆記本一本壓住一本，將他的鋼筆埋在裡面，結果一本也簽不成了。學生們從桌子和椅背上跨過去，一層一層包圍住項五一。戰卡佳遠遠地看見他如一頭困獸般地在人群中掙扎，又像一個溺水的大孩子，心裡便生出要去救他的念頭。

戰卡佳和項五一就是這樣認識的。那天，六點鐘的時候天就黑了。他們像逃匿一樣穿過黑漆漆的操場，操場新鋪了砂子，他們的腳步沙啦啦地響著。他們跑到了汽車站，耳邊還隱隱響著孩子們的叫囂：「項五一，逃跑啦！項五一，逃跑啦！」他氣喘吁吁地說道：「這就是你們爲藝術節設計的精采節目嗎？」

戰卡佳狼狽地說：「請你不要生氣，他們都是孩子。」

「孩子就已經是一肚子壞水，這就是你們老師做的好事！」他譏諷道，從口袋摸出菸，背了風點菸。

「不，不，他們並沒有壞心。他們只是受不了你的沉重感。他們年輕，沒有承受力，又貪圖快樂，所以就故意搗亂，好使心情輕鬆一些。」她急忙解釋道。

項五一有些詫異地看了她一眼，不再說話。停了一會兒，她就說要走了，走之前又向他要名片，他說，他從來不印名片，待她轉身要走，卻叫住了她，從衣兜裡翻出一張車票，寫上他的地址和電話，說：有空請來玩。於是，戰卡佳也留了地址和辦公室的電話給了他。

從那一天起，戰卡佳有的時候，會很荒唐地想，項五一會來電話嗎？

2

項五一旅行去了。很長時間以來，項五一不能在一個地方多停留。好像有一個強有力的意志在催迫著他，卻又不給他指明方向。於是，他就只能頻頻走動著，沒有目標的，從一地走向另一地。匆匆的，火燎屁股的。他非得使自己極其疲倦，才可入睡。爲了節省開支，他總是將夜晚安排在路途中，睡在硬臥窄而短的鋪位上，隨了車廂的搖晃，他疲憊的神志卻又格外地清明。這樣的時候，他就會點一枝菸，然後想道：

詩，是什麼呢？

自從那一個倒楣的藝術節之後，這一個問題總是由一個稚嫩靦腆的聲音，從他的腦海深處發問。

詩，是什麼呢？

火車叱哩咔嚓地搖晃著，經過路軌相銜接處，便發出響亮的噹噹聲。一串細細的燈光從漆黑的車窗深處飛過。

詩其實是一副肩膀，可以將項五一不堪承受的重荷卸了過去，交給眾人。有時候，他這樣想，然後就掐滅了菸頭睡過去了。

然而有時候他想：詩其實是重荷啊！他覺得詩將帶給他厄運。他最大的不幸是做了一個詩人。但他還可以不再做的，沒有人逼迫他，沒有一個人逼迫他。可是他已經是了，他已經是了啊！爲什麼他已經是了啊？

第二個問題又湧上心頭。空白的稿紙使他感到壓迫，要塡滿它是完全地不可能，他心裡充滿了絕望的感情。他已經將自己掏空了，他不知不覺地就將自己掏空了。在那最初的時期裡，他走在大街上，詩歌從他心中湧出。好像被他有力的腳步踩在人行道上一般。他將擁擠的行人排開，直向前去，喧譁的鬧聲好像蚊蠅的嗡營，他的詩歌蓋過了一切。先是有一個人聽見了他，然後越來越多的人聽見了他，對他說：「再來一個，項五一！」他激動而快樂地想道：我要做一個詩人！於是，多年來一直壓在他心上的石頭落地了。他覺得，多年來一直在尋找的目的地達到了。那是美好而短暫的時光，他心裡湧滿了詩歌，只求一吐爲快。可是，有一天清晨，他從夢中醒來，明朗的陽光照在他身上，他茫然地問著自己：「今天早上，我要做什麼？」那天的陽光，燦爛得使人想起夜晚。

在他旅行的第十五個夜晚裡，他想家了。這一個想念陡然間從他心底噴薄而出，於是他退去了兩天以後的臥鋪票，買了一張站台票，混在上車的人群中擠進了空氣污濁的硬座車廂。他將旅行袋墊在屁股底下坐在過道裡，好比串連時的那一個少年和插隊回家的那一個青年。他將腦袋垂在兩膝之間，想念著他的妻子和女兒。這依然是一次夜間的行車，通夜長明的車廂裡充滿了混沌的睡意。他將什麼都忘了，心裡充滿了融融的溫情。他喃喃地自語道：「我不要做一名詩人。」這一聲低喃卻像警鐘一般響亮地敲擊了他的頭腦，他清醒地昂起了頭：

我不做一名詩人，做詩人是太不自由了。你將自己放在了明處，在暗處有許多眼睛看著你，說道：「這就是項五一！」「項五一是這樣的！」你無法去和他們爭辯：「不對，項五一不是這樣的！」倘若你這樣說了，他們就會笑道：「啊，項五一果然是這樣的！」你總是不幸而被言中。弄到頭來，項五一有口難辯，反倒無法發言了，誰讓他搶先發言呢？他將他視爲珍寶的隱祕的心情交出去，卻極少有人珍視，人們將它當作閒話一樣隨便談論著，評頭論足，開著輕薄的玩笑。沒有人知道，爲了將它們交出去，項五一的心已經碎了，已經殘缺不全了，然而這只換來了任人宰割的下場。現在，項五一的尖刀已經指向了心的深處，這將是致命的一刀了。不能再做一名詩人了。

項五一中途下了車，妻子和女兒被他拋在了腦後，連一點影子也沒有留下。這是在黎明前最黑暗和最寒冷的時分。他咬緊「格格」作響的牙關，將手插在溫暖卻狹窄的褲兜裡，站在了冷清的站台上，他往哪裡去呢？他思考著。他像一個眞正的流浪漢一樣走在陌生的街道上。走路使他漸漸暖和過來，天邊也呈現出魚肚白的光明。那一線光明逐漸逐漸擴大。他迎了那光明走去，悲壯地想道：有誰能知道我啊？沒有人知道項五一，在一個夜晚與緊接著的一個黎明裡所經歷的跌宕起伏。太陽升起來了。太陽從這個陌生的城市寬闊的大街上升起，就像在長河上升起。綠樹刹那間變成了金樹，風吹來，黃金的雨點灑落，項五一從雨中輝煌地走過去。

項五一走出來的時候已是身心交瘁，他看見在他那自己將自己獻出的神聖祭壇上，寶貴的犧牲的鮮血在無謂地流淌。可是爲什麼要將自己奉獻出去？沒有人逼迫他，沒有人需要他，甚至，沒有人以爲那是神聖的犧牲，他們覺得那只是一張蒼白的紙上，幾行骯髒的污跡。

項五一，你爲什麼要做一名詩人？

因為，做一名詩人，是我的命運。項五一疲憊地走到旅館，和衣躺在了潔白的床單上，剛灌滿的熱水瓶「突突」地頂著瓶蓋。瞌睡上來了，他徒然掙扎了一會兒，眼睛終於闔了起來。門外走廊裡有姑娘清脆的聲音在叫：「二〇三房間的鑰匙，二〇三房間的鑰匙！」他自問道：「鑰匙是什麼？」一切就都沉沒了。陽光照耀著他黑暗的睡眠，睡眠像暗河穿流過明亮的白晝。

接下去，他在想，什麼是項五一的命運。

幾十萬嬰兒在同一個時刻呱呱落地，嘹亮的哭聲好像一曲新生的交響；幾十萬孩子在同一個莊嚴的日子，戴上鮮紅的領巾，舉手在飄揚的隊旗下宣誓：時刻準備著！幾十萬少年匯合在天安門廣場，接受隆重的檢閱，歡喜的淚水流成了河；幾十萬青年胸懷虔誠又浪漫的理想離開城市，來到貧瘠的鄉村，在幾千歲的老牛的反芻裡默想：將來是什麼？在那一個長久寒冷之後融凍的早晨，一夜之間，誕生了成千上萬的詩人，開喉高歌……。項五一是幾十萬嬰兒中的一個；項五一是幾十萬孩子中的一個；項五一是幾十萬少年中的一個；項五一是幾十萬青年中的一個；項五一是成千上百萬詩人中的一個。他的第一首詩，名叫〈陽光犁〉，詩的大意是，項五一是一片板結的、缺水的荒地，經過一整個冰川紀那麼長的時間，有一個早晨，陽光犁駕在雨的轅上，來了。板結的地皮劃開，露出鮮活的泥土，小小的昆蟲們見到了天日，四下裡亂跑，盤根錯節的枯草切碎了，壓進新土的深處，作了來年的綠肥。

項五一有什麼特殊的地方，爲什麼一點兒也不安寧？

項五一在他生命開始的第一個時刻裡，就將他的哭聲留存在了沉睡的記憶裡。從此以後，他的每一點悲歡哀樂，全進入了記憶的寶庫。當記憶甦醒的時候，那一聲長哭好比鐘聲敲響，石子街路上走來載了瓜果蔬菜的牛車，早市開始了，安寧的夜晚成了過去。那恰恰是在人們歡歌著埋葬黑暗的記憶的時候。項五一的生命沉甸甸的，所有的歲月倒流回來，背負在他的肩上，然後，日復一日，年復一年。在最初的日子裡，項五一不知道他其實是想將這些歲月卸去，項五一也不知道這所有的歲月與他血肉相連。那時候，詩人是一個天眞的孩子，走在田野上，爬過一趟又一趟地壠，歌唱著開墾的光榮，他對他的命運一無所知，他不曾猜測過，這第一道犁鏵的破土，就已經注定了他的被開墾的命運。他所向無前地走了過來，太陽照耀著他的背影。然後，他一天一夜地長大了，他不曾想到，做一個詩人的最初的快樂是轉瞬即逝，他重又陷於不安與迷茫。他問自己：

什麼是項五一的命運？

項五一的命運，是做一名詩人。他很滑稽地回答，覺著自己進入了自己陰謀策畫的圈套——詩是什麼？是命運；命運是什麼？是詩。

項五一想啊，想個沒完。太陽已經悄悄下去，房間裡布滿陰霾般的溫暖的暮色，有一個細嫩的男孩的聲音在問他：項五一，什麼是詩？項五一心裡疼了一下，那男孩子受了衝撞的漲紅的臉出現在他眼前，他想他怎麼會那樣魯莽，欺負了一個孩子。這樣純潔的孩子，與他們眞誠地說一些話，他們是能夠了解的。項五一就是本著這樣的想像，來到那所倒楣的中學，去參加什麼倒楣的「藝術節」的。結果是，項五一失望了，孩子們也失望了。爲什麼我們必定要使彼此失望呢？項五一想道。這一切是怎麼發生的？假如一切不是這樣發生，那麼又將會怎樣發生？那一日的情景就像烙鐵一樣烙著項五一的回憶，羞辱和懊惱湧上心頭。不會有別種可能了，他呻吟般地喃喃說道。這時候，他耳邊響起一個人的聲音，說道：「不，不，他們並沒有壞心。他們只是受不了你的沉重感。他們年輕，沒有承受力，又貪圖快樂，所以就故意搗蛋，好使心情輕鬆。」然後他感覺到了一條纖細而有力的手臂，這條手臂是從他的身後伸了過來，挽住他的手，將他從重圍中領了出來，好像領著一名受困的戰士，在最危急的關頭，最終衝出了重圍。後來，他們來到車站，在等車的擁擠人群中分了手，互相留了地址。他早已將她的地址丟了，可是他想，她一定留著他的地址。

假如——他想——她留著他的地址，也許會來找他。有很多人沒有地址找到了他家，都被他轟了出去。他絕對不能忍受的許多事情中的一件，就是坐在家裡，突然來了一個人，或者走在街上，突然遇到一個人，一屁股坐下，一站住腳，就開始談論詩的問題。他家裡最親密的常客，是那些對詩根本沒有興趣的人，他們進門就說：「我們來喝酒。」或者「我們來吹牛」。在他們中間，「吹牛」就是聊天的意思，一吹就吹到夜半。他們中間，有的是小學或中學的同學，有的是運動中同一派別的戰友，還有的是插隊在一起的難兄難弟，另外有一些時候，會突然闖進一個背了行李捲的鄉下人，操著外地的口音，將唾沫和痰「呸呸」地吐在地板上，放下一口袋黃豆或者花生，就在他家住下了，那是他插隊所在生產隊裡的農民。

假如——他接著想——戰卡佳到他家裡來的時候，不談詩而是談別的話題，他將會很歡迎。可是如果不談詩，戰卡佳又將以什麼理由來他家呢？項五一發現自己給自己出了難題，感到有些荒唐。

3

戰卡佳路過新華書店的時候，看見項五一的一本詩集在開架書架上落滿了灰塵。她已經走出了書店，又折回頭去，買了一本詩集。她就像一個用功的好學生一樣，認眞地夜以繼日地讀完了項五一的詩，讀罷之後，她將書合攏，沉思了一會兒想道：「他說得太多了。」接著又想：「再說下去是危險的。」她想這個大孩子的一隻腳已經踩在懸崖的邊上了，他自己知道嗎？「他會將自己全說完的。」戰卡佳在心裡湧起一股憐憫的感情，她不由陷入了沉思：他爲什麼要不顧所以地說？是什麼逼迫他說？確是有一股可怕的力量威脅著他，使他無法不說，她已經看出來了，可是這力量是什麼呢？多麼激動人心的祕密啊，戰卡佳興奮得紅了臉。她三十出頭的年紀，原以爲已經破譯了世界上的一切謎底，不曾想陡地從天而降一個大祕密。戰卡佳斷定這是一個大祕密。她以她超群的智慧領會到了其中頗不尋常的意味。你必須認識項五一，她對自己說道。

項五一精疲力竭，終於到了家，在電話留言簿上看見了戰卡佳留下的電話號碼。「她竟來電話了。」一絲喜悅微風似地掠過他心上，心裡極隱蔽的期待得到了回應，事情有一些神奇。他心想著：「晚上給她回電。」從這時到晚上的時間裡，他就很平靜。吃過晚飯，他又吸了一枝菸，然後撥了戰卡佳的電話，聽見電話撥過後的鈴響，他必然有些心跳，覺得事情有一些不尋常。鈴聲在很遙遠的地方回響。一遍又一遍。他有些急躁，卻克制著等待鈴聲又一遍地響起，鈴聲在很空寂的地方回響。他掛上了電話，漸漸湧起一股氣惱的心情，他將那一頁電話號碼撕了下來。可是這時候，電話鈴響了。提起話筒，聽見有柔和的女聲傳來，說要找項五一聽電話，項五一說我就是，那邊就說她是戰卡佳，早幾天來過電話，他妻子說他也許是今天到家，但是說不定。可她依然試了試，不想他真的到了。聽著她說話，項五一心裡很安詳，他回答說：他差一點兒要下星期才回家，可是很疲乏了，就還是今天到了。她就說：「是我的運氣好啊！」項五一又問她這是在什麼地方打電話，話筒裡的聲音嘈雜得很。她說是馬路邊的公用電話，她家沒電話，給他留的是學校電話，下午五點辦公室就沒人了，所以還是她打給他方便。項五一隱瞞了給她打電話的情節，問她找他是不是有事。她說有一些事，不是什麼大事，只是她班上有幾個女生，買了他的詩集，希望他能在扉頁上簽個名。這事對他並不麻煩，卻會使女生們很高興。項五一笑道：「給不給稿費？」戰卡佳也笑道：「根據國際教科文組織規定，教材一律不予稿費。」然後兩人都笑了。笑罷，戰卡佳才說：「你看我什麼時候將書送給你？」項五一脫口而出道：「今天好了。」戰卡佳猶豫了一下說，今天是不是太累了，你剛剛到家。項五一就說：不就是簽幾個名嗎？當然，也許她今天沒空。話說出口就後悔了，心想：自己就像在懇求她似的。戰卡佳卻說道：半小時之後就到，說罷就掛了電話。

以後的時間裡，項五一一直很興奮，在房間裡踱來踱去，大聲地說笑，將一路上的奇聞奇事，一樁樁地說給妻子聽。妻子在燈下靜靜地織著他的龐大無比的毛衣，線團滾到地上時，女兒便殷勤地跑去拾起。項五一則將拾了線團的女兒一古腦兒抱了起來，扛到肩上，女兒便歡聲大作。這時候，有人敲門了。女兒從項五一肩上連滾帶爬地下到地上，搶著去開門。門口站著戰卡佳，肩上斜背了皮包，手裡提了一件塑料騎車雨披，滴著水珠。他這才發現，不知什麼時候開始，天下雨了。

這是戰卡佳第一次到項五一的家中來。雨點沙沙地打著窗子，她和他們一家圍了一張方桌，喝著茶聊天。他的妻子削著蘋果，蘋果皮長長的不斷，被他拾起，提得高高的，歪著頭將一條皮全吃了下去，女兒去搶救，卻被他銜住了小手，便站在椅子上跳腳。妻子問她有沒有孩子，她回答說她還是未婚。妻子不免有點發窘，她卻又接著說道：婚姻本是一樁很不容易的事情，何況是像她這樣情況，在農村待了七年，大學四年，那時那地於婚姻都很不適宜。待到學成歸來，一切安妥以後，卻發現婚姻的機會隨了時間一同過去了。她坦然的態度使妻子也釋然了，對她說道：這樣的情況在我們這樣的年紀中是很多的，或早或晚總會解決，有相當人數還都有著很不錯的結局。她說：自她回城之後，原想能有自己相遇的機會，後來發現幾乎沒有可能，生活的範圍其實都很狹小，她方才妥協，接受了熱心人的幫助。說起來，她也有不少於十次介紹朋友的經過了，說到此處，她便笑了，說那經過如要寫成小說，一定非常暢銷。妻子不禁也笑了起來。

聽著兩個女人的談話，項五一感到十分安謐。他靠在椅背上，手裡拿了一枝菸，任它燃著。女兒從椅背爬上了他的脖子，雙手揪了他的頭髮，他就在邊上說道：你看，被當作了一匹馬，就是婚姻的下場。妻子接下來說道：你是難得一日做馬，我是三百六十五日都做，要埋怨也該我埋怨。女兒見自己吸引了眾人的注意，越發逞性，將他的腦袋揪得一仰一合。

雨下大了，很密的一層一層覆到地面。燈光從桔黃色的燈罩邊瀉下，兩個人又開始研究織了一半的項五一的毛衣。戰卡佳向妻子介紹一種袖子的銜接方法，是最老式的，卻有再領潮流的跡象。妻子問她也有時間織毛衣嗎？她說她喜歡織毛衣。織毛衣可以使她的情緒平定。人有的時候，心裡會很煩躁。而一針一針地織著毛衣，心情就慢慢和緩下來。妻子這才想起問她做的是什麼職業，她說是中學教師，妻子說這是一個辛苦又清貧的職業。她卻說她喜歡做一個教師。問她為什麼，她先說了句「怎麼說呢？」然後就稍稍沉吟了一會兒，才開口道：「和孩子打交道，不寂寞。」說了這話，大家沉默了一時，只聽雨綿綿密密地下。這一刻的寧靜是很深沉的，人人心中都有一點感動。

後來，妻子帶女兒到另一間屋去睡了。

她將三本詩集從皮包取出來，放在他面前，又遞了一張名單，說，如若在前邊寫上「某某同學存」的話，女孩子就更高興了。他按了她的指點，逐一在書上簽了名，她將書收攏過去，重新在書包裡放好。聽見她的皮包扣輕輕一聲搭上，他不由想到，她就要走了。

他應該說一些什麼，好留她再坐一時。自此，他就變得滔滔不絕了。他嘴裡說著一個話題，心裡想著下一個話題。在第一個話題尚未結束的時候，就轉移到了第二個話題。使人覺得他在各種話題間作著緊張的跳躍。開始，他說到天氣，多雨的季節使他想到四川；於是他就說四川的風味小吃，四川的麻辣使他聯想起湖南的別一種辛辣；他就接著談到串連去湖南的奇特經歷，串連帶出了一個戰友的故事；這戰友後來去邊疆插隊，他開始說那國界之處的流傳悠久的傳聞……。他的目光炯炯地發亮，兩手相握，手指的骨節不時發生「格格」的聲響。說到有趣處，他便率先放聲大笑，笑聲在房間裡震盪。他說話的節奏越來越快，好像有些失去了控制。由於他說得太快，思維往往跟不上節奏，他窘迫地蒼白了臉，說著辭不達意的廢話，想以此填補空檔，最終還是不得已地中斷了。房間裡陡地安靜下來，靜得使人感到難堪。而他又很快地說了起來，說起了插隊時村莊裡有一個水塘，在塘裡混濁的水中，養了一些灰色的魚，在那產卵的日子裡，塘水是如何清澄了然後復又混沌。由產卵出發，他想到了性的問題，說起民間尚存有許多關於性的風俗……他的談話越來越顯得吃力，思路混亂，話題的更換越加頻繁，其間越發缺少過渡，那不得已的間歇也越來越經常了。他似乎被這間歇激怒了，竭盡全力要去消滅它，於是就說出了越發多的沒有意義的廢話。他的身體漸漸從椅背上坐起向前傾去，嘴唇乾裂，有一些字說得含糊而難懂，聲音裡出現了那種銳利的尖嘯。

戰卡佳望著他想到：我應當去幫幫他了。假如現在我不去幫他，就沒有人可去幫他了，戰卡佳想道。她先是企圖打斷項五一的說話，可是很快就敗下陣來。一旦項五一說起話來，就再也打斷不了。他的注意力全在於他要將什麼說出來，至於別人要說什麼，在他完全沒有關心的必要。他最長久的耐心是等待戰卡佳說完了一句話，而他接過去的那一句毫無關聯的話，證明他根本沒有聽見戰卡佳在說什麼。結果就好像戰卡佳在與項五一搶著說話，使得氣氛越加緊張不安，且又十分喧譁。他又一次思維中斷戛然而止，房間裡所呈現的寂靜是前所未有的深沉和窘迫。有一張枯了的樹葉，被風吹落，從玻璃窗上「吱吱」地劃了過去。戰卡佳迅速地想道：我應當問他一個問題。於是她問他道：

「項五一，你是哪一年插隊的？」

「一九七〇年，一月十八日。」他回答道。

「什麼時候離開的呢？」她又接著問道，心裡疾速地想著：我要一個問題接一個問題地問項五一。

「一九七八年一月十八日。」他回答。

「竟然是八年後的同一日，多麼巧的事情啊！」她驚嘆道。

「好像是鬼排的日子。」他疲乏地笑道，漸漸地緩和下來，身體重新靠到椅背上，兩手鬆開，摸了一枝菸，劃了火柴。火焰微微抖動了一會兒，點上了。

「這八年裡，你難道總在一個地方，項五一？」她又問道。她欣喜地發現，她已經取得了主動權，以一個又一個的問題，轄制了項五一。

「怎麼說呢？」他吐了一口煙，煙在房間裡飄散開去，空氣裡霎時充滿了菸味，「我始終在一個生產隊裡做社員，可事實上，我在那裡的日子前後總共大約是一年半。」

「此外的六年半又在哪裡呢？」

「四處地跑。」他簡短地說。他仰起頭，朝天花板吐了一口煙，煙在燈光下陡地盛開，呈出一朵花的形狀。

「走路還是坐車？」她溫和地好像對待一個孩子一樣地問道。

「有時候走，更多的時候是坐車，扒煤車，一頭一身的煤灰，像車道犯，又像鬼。」他笑了起來。

好像有人用指甲在玻璃窗上輕輕地劃著，又一片枯葉在窗上停留了一下，擦過去了。他們倆都靜默了下來，這是安寧與和諧的靜默，彼此都不急著說話，說話使他們感到麻煩。他緩緩地吸菸，她擺弄蘋果心，將他們剛才吃剩的四個蘋果心擺成十字花的形狀。然後，他說道：

「冬天在一列煤車上，風刺透了骨頭，煤塊冰冷冰冷地硌在身下。在沒有燃燒之前，煤塊是冰冷的呢。」

她沒有回答。她知道現在她不需要回答什麼了。

他卻問她道：「你知道這時候，我們做什麼？」

「我不知道。」她饒有興趣地看著他。

他得意地笑了：「我們念：一不怕苦，二不怕死！是那樣的有節奏有力度地念。」他念了兩遍給她聽。

她就笑。

他也笑：「嘴裡在念著，不在於念什麼，只要在念，就覺好多了。」

「這就是詩的意義嗎？」她微帶譏諷地說。

「千眞萬確。」他興奮地笑道。

他們終於還是談到了詩。然後，她就起身告辭了。他將她送到樓下，用一柄電力不足的手電爲她照亮。她從牆角一堆自行車中間折騰出她的一輛女車，穿上雨披，走了。當她的自行車推出門洞的時候，便聽見雨點打在她雨帽上「啪啪」作響。她說聲再見，就上了車，樓前有一盞燈照亮了她的背影，水光融融的。

4

項五一要寫一首詩，這是一首一萬行的長詩。他的稿紙是二十五行一頁，就是說要有四百頁。四百頁的稿紙整整齊齊擺在面前，好像一具潔白的躺倒的石碑。項五一在它面前長久地坐著，腦子裡什麼也沒有，一片和平。一萬行詩就好像一萬格台階，項五一將帶領他的志願軍向那第一萬格台階跋涉。會有無數人在第五十級，第一百級，第一百五十級，第二百級，第二百五十級，第三百級……甚至第九千九百五十級，僅只相差五十級的地方停留了腳步。那目標是遙不可望，絕大多數人都將喪失信心。可是會有人，哪怕只有一個人，跟隨了項五一，一直抵達第一萬級台階的頂峰。

這一個人，會不會有？

項五一決定要將他肩負的重荷卸下，他要為他背負了過於長久的重荷建造一具紀念碑。這重荷是什麼呢？項五一感覺到那一萬行詩句隱身在潔白的四百頁稿紙中，堅定地沉默著，這沉默著的是什麼呢！項五一靜靜地坐著，光影從潔白的紙上走過，項五一心中只有一個聲音，那就是：

項五一要寫一首詩。

項五一要寫一首詩，這一天已經等了很久。項五一覺著在這之前所有的時日，在這之前所寫的所有詩句，都是為這一天所作的等待和準備。項五一斂聲屏息地坐在稿紙面前，心中忽然湧起一股悲哀的宿命的情感，他腦海中掠過了一個念頭：項五一的末日來臨了。這一末日，是項五一親手締造的。正午的陽光驅散了面前所有的陰影，稿紙白得眩人眼目。他慘然地想道：還在等什麼呢？開始吧！他心裡說著開始吧，開始吧，卻遲遲地不動手。他從未有過地清醒地意識到：倘若開始，一切便都決定了，一切便都完了。於是，他就無限期地拖延著這一開始的時刻。而他又知道，拖是拖不過去的。這一日已經來到了，他已經坐在這裡了，那麼，一切注定都將開始。到了太陽西去的時候，他已經掙扎得虛弱了。望了稿紙上朦朦的陰影，他的心情漸漸柔和下來，他想道：可以開始了。他幾乎要抬手去摸筆，卻又止住了，想道：再等一等吧！他心裡說著等一等吧，等一等吧，卻激動得坐立不安：

項五一要寫一首詩了！這一首詩是什麼？一萬行詩句在沉甸甸的稿紙間騷動，發出了窸窣的聲響。暮色卻已來臨。暮色來臨的一刻是無比地安寧，小孩子們唱著他們心愛的歌謠。項五一知道這一日是終於到來了，他再躲不過去。這樣他便徹底地安下心來，好了，他想著，開始吧。

這一萬行詩句的第一行是什麼?他愉快地想著第一行詩句，好像在作一次回憶，而第一行詩句隱在記憶的很深處。暮色遮暗了稿紙，太陽從街心中間沉落了下去。

太陽又一次升起的時候，第一行詩句不可更改地寫在了稿紙上，一切都將結束。

第一句是：「一個男孩出生了。」他沮喪地望著這一行詩句，心中充滿了疑惑，一切也許不應這樣開始，而是另外一種開始。只要現在回頭，也許一切都還來得及。可是，一個聲音在叫：不許更改，不許反悔!項五一好像從巔峰墜入到了谷底，絕望深深地攫住了他，他想：一切都完了。早晨的太陽從第一行詩句上如歌地走過，那黑色的字跡似乎不是由他用筆寫成，而是從紙的深處滲透了上來。項五一想到了「宿命」這個字眼，他覺得他是別無選擇了。他只有這樣走下去，走下去，走完一萬行詩了。退路是沒有的。

他忽然感到無比地痛苦，這痛苦什麼時候才是頭啊!詩句從他的筆尖流淌出來，他幾十年的生涯與情感在瞬間湧上心頭。這將是一篇項五一的心史，一個預兆就像是閃電掠過黑暗的長空。一個男孩邁著柔軟的腳步，搖搖晃晃地向他走來，這男孩不知爲什麼使他心裡起了深深的恐懼。他想起這男孩曾經有一次，做了一條狗。有人對他說：如果你想吃這半個芝麻餅，男孩你就做一條狗，好讓我和你玩。其實他一點不餓，就是嘴饞。當他吃完了餅，來不及抹去嘴角上的芝麻粒的時候，他已經後悔，並且憎惡自己。於是，他靠了牆難看地咧著嘴嗚嗚地哭著。項五一惡狠狠地對男孩說：「你還哭，你還哭，你還哭哪!」

淚水流過男孩骯髒的臉蛋，污濁地落在了腳邊的地上。有一個聲音在對他說：「不要碰我，不要碰我！」那一個聲音高叫著：「不要揭露我，不要揭露我！」可是不行了，項五一沒有退路了。幾十年來，他要自己相信，那僅僅是一個男孩的小小的嘴饞，那僅僅是一夥男孩的小小的遊戲！可是幾十年來，他終於沒有將自己說服，項五一說服不了自己，他擺脫不了對那男孩的憎惡，他懷揣了這憎惡度過了那麼長的歲月，這憎惡永遠不能釋淡。他怎麼才能擺脫啊？

現在，我說出了。項五一呻吟般地喃喃說著，好像虔誠的教徒面對了神聖的上帝，在做誠實的懺悔。詩句在蒼白的紙上閃爍著黑色的光芒，周圍是死一般的寂靜。

究竟什麼叫做詩啊？項五一軟弱而幽怨地想著。

雨雲在天空中遊行，孩子們在街上奔跑，外婆們在陽台上喊著：「回家了，吃飯了！」項五一心想，他也要回家。

項五一茫茫地想著：他要回家。他的漂泊還只是開頭，可是回家的道路已經千里迢迢。那一個曾經做過狗的男孩還遠遠沒有長大。項五一說：男孩，你快回家吧。男孩跟著他，不離開。項五一又說：男孩，不要跟著我，你回你的家，而我回我的家。項五一停下，男孩也停下，項五一開步，男孩也開步。項五一問道：男孩，男孩，你是誰家的男孩？

白鴿在屋脊的海洋上飛翔，遙遠的地方有悠揚的鴿哨傳來。項五一屏息斂聲地靜聽，有聲音在歌唱。那四百頁稿紙已經凌亂不整，像一堵白色的斷垣。一切都被我破壞了，項五一頹喪地想道。也許我將什麼都弄錯了，項五一心裡茫茫的，他覺得自己迷路了。他想不起自己是從哪裡來的，又要到哪裡去。太陽又一次在街心墜落，將他拋棄在暮色之中。時間像暗河一般在他身邊流動，項五一你要去哪裡？

一整個夜晚，項五一是在摸摸索索地行路。那個男孩緊追著他，對他喊：「項五一，我在這裡！項五一，我在這裡！」好像在與他做著捉人的遊戲。這個男孩曾經做過一次叛徒。他們分成兩軍對壘，混戰中男孩做了俘虜，他說出了他們的人藏身的地方，在操場上一間放足球和籃球的破屋。他出賣了戰友，因爲敵人將一條毛毛蟲放在他的鼻子上，綠色的肥碩的毛蟲在他短短的鼻梁上，向眼睛爬行。

「這是遊戲，這是遊戲！」這一句話，項五一對自己說了幾十年，幾萬遍。幾十年裡，他睡下去、醒過來都對自己說：「這是遊戲！」最終，他依然使自己相信了——這不是遊戲！於是，他眼前呈現出敵軍強攻板屋的情景，戰友們被這意外的襲擊驚呆了，慌了手腳。頓時，橫屍遍地，血流成河。

星星在黑暗的窗戶上閃亮，項五一覺著心裡有一把刀在攪動。他感到心痛，他朝了稿紙彎下腰去，俯下了身體。稿子埋在他身軀投下的巨大的陰影裡，有鐘聲傳來，噹噹的，敲擊了十二下。這是我命運的喪鐘，喪鐘敲響了，項五一忍著心痛想道。

太陽在地平線下面歌唱，在項五一的腳底作著徹夜的旅行。我爲什麼不撒謊？項五一問道，沒有人窺見，沒有一個證人，證人全在激戰中殉身。只有一個人知道，這個人不說，就誰也不會知道，這個人就是項五一。我知道，項五一哀哀地說，我要是不知道，多好，可是我知道。項五一背負了這一樁隱祕，走過了幾十年的路程。沒有人要你背負，是你自己要背負。因爲我沒有在戰爭中死去！少先隊員應當誠實。

黎明的時分，項五一辨明了方向，找回了迷失的道路。而這僅僅是第一次迷途，從此後將要有無數的迷途，方可抵達目標。太陽升起，項五一卻要睡了。整整一個晝夜的行路，使他眼睛裡布滿了血絲，嘴唇乾裂。他乏了，倒頭就睡，來不及脫鞋的腳上散發出男人走過長路的茁壯的汗氣。他曉得他已經豁了出去，再沒什麼可牽掛的了，就睡得格外安心，鼾聲如雷。早霞在空中飛舞，大街上人車如流，新的一天開始了。

項五一像一個無憂無慮的孩子那樣睡著了，他的心底非常明澈。多少日子以來，他第一次這樣安心地輕鬆地睡著，一切再沒什麼可猶豫、可動搖、可困惑的了，一切都毋需再多想了。項五一寫一首詩的命運已不可抗拒地來臨了。

戰卡佳上課的時候想：項五一在做什麼？戰卡佳下課的時候也在想：項五一在做什麼？

有一次，她路過項五一的家，決定順訪一下，就上樓敲了門。他妻子開門道，項五一不在家，他去鄉下寫東西了。他在郊區向農民租了一間房，寫東西的時候，就去那裡。戰卡佳並不覺得失望，她覺得這正在她意料之中，她欣喜地想道，她一點沒有猜錯，她料定他要做一件事情的。這一個人，如若不做一件事情是不行的。他妻子請她進去坐坐，晚上，她和女兒在家很寂寞。戰卡佳堅決而委婉地拒絕了，她說她到學生家訪問，正好路過這裡。來這裡只是爲了說一聲，爲了他上次的簽名，女孩子們非常非常高興。她告辭了要下樓又站住腳問道，項五一這一去要去多長時間。妻子說，有時長，有時短，說回來了就回來了。她臉上流露出憂傷的表情。戰卡佳說：你對他眞好。她悵悵地笑道，有什麼辦法呢？戰卡佳說：你是不是很愛他？她噗哧笑出了聲：這話怎麼說。羞澀地轉過臉又回過頭沉思地說道：好像愛對他很不合適。戰卡佳情不自禁地在她扶著樓梯欄杆的手背上溫和地撫摸了一下。女兒站在兩個大人的膝間，昂起頭看看這一個，又看看那一個。然後，戰卡佳告辭走了。

5

戰卡佳和項五一很偶然地在大街上遇到了。

這是他們第一次不期而遇。午前的太陽很明媚。項五一剛從理髮店出來，剃了一個可笑的小學生一般的髮型，臉刮得生青。戰卡佳手裡提了一個印花布兜，正要走進商店去買東西，他們幾乎同時看見了對方，站住了腳。他們站在商店擁擠的門口說話，戰卡佳告訴他這店裡有一種玉米罐頭，做湯非常好喝。項五一就說，關於湯他毫無研究，只是玉米使他想起一種玉米麵糊的鍋盔，是無比地香甜。他告訴戰卡佳，那鍋盔的製作過程，必須用豆秸，鬆鬆旺旺的一蓬火。他興奮地比畫著。商店裡進出的人群時常將他們推在一起，然後又分得很開。他由豆稭說到了割豆的季節，夜晚從田野走過，熟透的豆莢被風吹得叮叮地響，好像鈴鐺。他們漸漸地被人流推遠，站在了馬路邊上。這時候，他們已經說到了大豆收割以後的事情，農民唱著號子甩著響鞭，駕上一轅車拉犁耕地了，犁鏵是那樣銳利地劃破板結的土地。說到此處，項五一忽然地沉寂下來，他的眼睛奇怪地閃爍了一下，不再說話。

戰卡佳小心地將話題引開，說道：你或者在這裡等我一下，我去買了玉米罐頭就出來，我們好像可以同路走那麼一段。項五一嘴裡說道，好的，眼睛卻望了別處。戰卡佳回過頭去，隨了人流湧進商店，心裡慢慢地想著：這個大孩子忽然想起了什麼，使他走了神？她匆匆地付了錢，將四個罐頭裝進兜裡，又隨了人流向門口走去。她心裡忽然充滿了擔憂，她很放心不下他了。她走出商店，正午的陽光使她目眩。她抬手遮住太陽，看見他依然站在馬路邊上，一動不動。太陽照在他寬闊的背上，清潔車從他面前過去，旋轉的掃帚掃過了他的腳面。她鬆了一口氣，心想：這孩子沒跑丟，還在，便到寄車處推了自行車，朝他跑了過去。

他們順了電車的路線往前走，他不再說話，由她絮叨著。她和他說著她們班級的事情，有個男生與女生早戀，互相寫信，再也無意讀書；還有個女生用姊姊的身分證考上了時裝表演隊做模特兒，於是就鬧著退學，她一邊說一邊思忖：他好像忽然間受了打擊。頓時意氣消沉。然後她說：這就是你的車站了，我等你上了車再走。他就好像被驚醒了一般，連連說道：「我不上車，我不上車。」他那驚惶的樣子，使她笑了，他不好意思地也笑了，說，就這樣走走很好，當然，也許你有事，那你就騎上你的自行車走吧！她趕緊說道，我並沒有事情，很高興能這樣走走。你知道，我總是和孩子們在一起，時間長了，也很想和成年人在一起的。他茫茫地看了她一眼，說道：「孩子們是很好的。」

戰卡佳不明白他說的是什麼，可是她知道她已經漸漸地在接近他的祕密，她切不可太性急，太魯莽，她要耐心一些，謹慎一些。這一個走在她身邊卻又好像遙不可及的男人是一個深奧的難題，要去解答他，須經過漫長的道路，沒有捷徑可走。戰卡佳的心不由戰慄了，她覺得她等待了多時的幸福來臨了。三十多年來，她天天在等，她現在懂得她等的是什麼了。在這一個平庸的世界裡她終於看見了希望。

他像一個夢幻一樣走在她的身邊，隨時都可破滅一般。我要好好地保護，戰卡佳想。

他們默默地走了一段，各自想著各自的事情。忽然，戰卡佳以快樂的口氣問道：「項五一，我猜你小學裡是大隊長。」「是的。」項五一承認。戰卡佳又說：「項五一，我還猜想你中學裡是團支部書記。」「是的。」項五一又承認。「項五一是個好孩子。」戰卡佳笑道。項五一也笑了：「是的。」他好像暫時地把使他分神的事情放了一放，說他曾經很乖很乖，世界上沒有他不信的謊言。他的語氣漸漸熱切起來，講著他少年時候的種種趣事。有一次，在公園裡，看見一個男孩折斷樹枝，把它當作一根馬鞭，管理員卻抓了另一個弱小男孩，他手裡的樹枝其實是從地上拾的。在管理員抓人的時候，那眞正的人犯卻一溜煙地逃跑了，那樹枝正作了他胯下的坐騎。後來他爲那個小男孩作證，陪他一同到了公園辦公室。他興奮地紅了臉，說他至今還記得那個管理員耳朵上醜陋地夾了一枝香菸。那一日直到天色黃昏，他們兩個小小的囚徒才被釋放。當他們走出辦公室的時候，公園裡已經看不見一個人了。他們惶惶地穿過寒風颼颼的冬日裡枯黃的草坪，在公園門口分手各自回各自的家去了。

戰卡佳微笑著聽這個大孩子撒謊，並不去揭穿他。她知道其實不過是他的想像而已。孩子們常常有這種誤會，就是將他們的幻想當作現實。也許事情有那麼一點點根據，比如開頭的那麼一點點：一個男孩折了樹枝，管理員卻抓了另一個男孩，當時，他確也目睹了一切。可是，他一定沒有出來作證。也許他心裡想過要作證，可是事實上他並沒有，實際上他是很膽怯的，他心裡想：也許是我看錯了。他眼巴巴地望了管理員帶了那個弱小男孩走遠，他心裡想：假如我去爲他作證，會有用嗎？大人們會相信我嗎？因爲他是一個容易動搖的人。他的想像使他激動起來，這樣子比剛才垂頭喪氣的要好得多。她鼓勵地看著他，使他又想起了另一個關於弱小男孩的事情。他說有一次他在煤車上被檢道員發現，被揪了下來，卻沒有送到車站值班室，而是將他推上了車頭。車頭裡有一個司機和兩個司爐，火光映紅了他們黑色的臉膛。後來，他們告訴他，在昨天夜晚，列車到達一個小站，從一節煤車上發現一個姑娘蜷成了一團的屍體，將她扒下來之後，才發現在她的懷裡，有一個更年輕的男孩，嬰兒一般寧靜地偎在姑娘的懷抱裡。那是一列從東北三棵樹開來的火車，所經之地，颳起了一場東北人叫做「大煙泡」的風雪。戰卡佳心想：這全是他在貨車頂上，凍得發昏時所編造的故事，他很想成爲那一個蜷在姑娘懷裡的男孩，即便是長眠不醒也值得。可他爬了數十次的煤車，最終也沒有能有過一回這樣溫暖的奇遇。

公共汽車的售票員「啪啪」地敲打著車廂靠站了，他們從車站上走過，太陽暖烘烘地照著他們，項五一忽然提議，他要請戰卡佳吃一頓飯。戰卡佳說她知道一個很有意思的飯店，便宜，而且安靜。項五一說：不需要便宜，不需要便宜，他要好好地吃一頓，好幾天來，他一直吃的是速製湯麵。戰卡佳就說：她還知道另一個飯店不那麼便宜卻更安靜。說著調轉了車頭，帶了項五一拐進一條小街。

小街沒有人，他們聽見了自己的腳步在街面上叩出清脆的聲響。項五一好奇地朝街兩邊張望，說他從沒來過這地方。戰卡佳便說她也是有一次很偶然地從這裡經過，項五一來不及聽她講述她的故事，卻打斷道，他有一次偶然地到了另一個地方。他沉思了一會兒，才接著說道：「那是一個奇怪的地方。」

他說，有一次，他爲一個插隊的同學捎信。那同學是在開往蚌埠的船上邂逅的，知道他近期回上海，就請他帶一封信回家。信是摺成一個燕子形的，寫著地址和可以到達的汽車。他按了那指示乘車，又換車，下車之後，走過長長的弄堂，終於到了信上所寫的那條陌生的小街。小街上有昏黃路燈，剛剛亮起，是冬天黃昏的時候——戰卡佳不由地想：他的故事總是發生在冬日的黃昏。在正午明媚的陽光裡，他所敘述的黃昏，就像另一個世界裡的情景。有一點是眞實的，戰卡佳接著想，就是說，他的故事總是在冬日的黃昏進行。他繼續說：

他沿了陌生的小街走，在昏黃的路燈下辨認著難辨的門牌號碼，他要找的那個號碼是在一條狹弄的深底，一扇高高的黑漆門，一個瘦高的老人爲他開了門，問他從哪裡來，找什麼人，有事嗎?他一一如實地回答，並且掏出那封摺成燕子形狀的信。那老人身後是一個天井，月光如水。多年來他一直記著那一個情景。老人聽了他的回答，就請他進去坐坐。這天晚上，他其實還有別的事情要辦，可是卻不知不覺抬起腳步跨進了門檻。他好像覺得，在這裡還有些事情沒有結束。他隨了老人走過天井裡月光如洗的石板地，進了堂屋。那是一種老式人家的堂屋，迎門有一張長案，上面懸掛有祖先的照片。老人請他在案子的一頭坐下，自己坐了另一頭。

這時候，飯店到了。是一個個體戶的飯館，倒是出奇地清潔而且安靜。他們在牆角找了一張火車座坐下，項五一也不讓戰卡佳點菜，自己抓過菜譜亂點了幾樣，老闆就去了後面廚房。店堂裡只剩下他們兩個人，早已過了午飯的時間了。他們兩人隔了一張桌子，相對坐著。戰卡佳的胳膊肘支在桌面上托著臉，凝神地聽。項五一用手扶了桌子沿，身體前傾，眼睛裡放射出咄咄逼人的光芒。

戰卡佳有些恍惚地想：這個男人有一種力量，這是一種非凡的力量，那就是，他能夠以自身的精神創造一個世界，帶了你走入。她心裡充滿了感動和驚喜，她知道她三十多年的理想找到了，就坐在她的對面。她幾乎被幸福攫住，她想她已經在平庸的沒有智慧的生活中沉浮了那麼長久，眼看就要絕了希望，以爲這世界上其實並不存在不凡的事物，所有不凡的事物都是空想家憑空捏造的，而她就是這些空想家的其中一個。現在她卻找著了，猶如沙裡淘金一般，終於找著了。她荒蕪了的歲月和青春，這時候長出了青草。他繼續說道：

老人爲他泡了茶，然後他們在案子的兩頭坐下了。開始，他們談了一些閒話，關於插隊的情況和上海文化革命的情況。這樣說了有二十分鐘，他喝乾一杯茶，老人又添了開水。他差不多該告辭了，可是他覺得還有事沒了結，什麼事呢？然後，老人問，像他們這樣的青年對未來有沒有什麼設想。他就說，什麼設想也沒有，因爲什麼可能性也沒有，想也是白想，平添煩惱而已。老人聽了這話，就注意地看了他一看，然後笑道：

「你這個青年又說謊。」

他聽了心裡一驚，問：「我怎麼說謊？你老人家憑什麼講我說謊？」

老人笑道：「說你說謊，你還說謊。」

他頓覺理虧了似地紅了臉，說道：「你說我怎麼說謊的？」

「你心裡天天想，夜夜想，將來的事情。嘴上倒說不想。」

「你倒說說看，我在想什麼？」

「你想：將來我要做一件事情！」

這回輪到他笑了：「我倒要聽聽，我要做一件什麼事情。」

老人說：「那我怎麼知道，是你要做的事情。」

他說：「是你說我要做一件事情。」

老人說：「是你要做一件事情。」

兩人就像推諉什麼責任似的，推來推去，推了好幾個來回，卻一個也沒有惱，彼此反都很高興的樣子，好像在做一件饒有趣味的遊戲。最後，他收起笑容，哀求般地問道：「老先生，你到底告訴我，我究竟要做一件什麼事情。」

老人也正色下來，說道：「具體的我不知道，但我想，那大約是一件與水有關，與火也有關的事情。」

他們點的菜端上來了，放在桌子上。桌子很窄，他們不得不把胳膊與手從桌上撤回落在膝蓋上。他們直直地坐著，眼睛望著眼睛，在他們中間升起一股奇妙的氣氛，剎那間將雙方都籠罩了，使他們忘記了身處何時何地。他接下去說：

然後他就站起身告辭了，走出那月光如洗的天井時，他心裡有一種特別的滿足感，他想：這裡的事這才辦完了。於是他就再接著去辦其他計畫要辦的事了。

戰卡佳想：所有的事情中只有兩句話是眞實的。第一句是：他要做一件事情；第二句是：這是一件與水有關，與火也有關的事情。那麼，有什麼事情是與水有關，與火也有關的呢？她百思不得其解。忽然，從她心底升起一個奇異的念頭：水與火相加，不就是血嗎？她的心不由戰慄起來。

6

當太陽又一次從連綿似海的屋脊上升起的時候，男孩在一次遊戲中被朋友出賣了。當他知道他被朋友出賣，便如釋重負般地，再一次背叛了朋友。他心裡充滿了報復得逞的喜悅，一個人喜孜孜地在街上走，心裡想著：這世界裡什麼是朋友和忠誠呢？男孩不知爲什麼，總是玩著一場出賣與被出賣的遊戲，是不是在他做一條狗在地上爬行的時候，就注定了必須加入這種卑鄙的遊戲？現在，男孩沒有朋友了，他只有大群玩伴，互相用猜忌與憎惡的目光看來看去，他的臉上在笑，肚子裡卻是滿滿的壞主意。

項五一問自己：我爲什麼快樂不起來呢？那男孩與我有什麼相干？是什麼東西壓迫著我，沉甸甸的，我怎麼也輕鬆不了。他試著使自己快樂。他有時候笑起來就像個瘋子，他和人大口地喝酒，大聲地聊天，他做出許多豪放不羈的姿態。有時候甚至他以爲自己是快樂的了，所有的不快猶如煙消雲散。可是酒盡人散之際，他心裡空曠曠的，他覺得，他的不快樂沒有了，他就什麼也沒有了。項五一的痛苦就像財富一樣。他平靜下來，詩句源源地從筆尖流瀉到潔白的紙上。項五一望了他的詩行，心裡想：

從此，這個世界上就多了一件東西的存在，抑或是一些詩句，抑或是一些被污染的紙。假如有人，哪怕只是一個人讀它們，它們便是詩；假如連這一個人也沒有，就是廢紙了。可是，想到別人翕動了嘴唇讀這些詩行，項五一就有一種被踐踏的心情。不，他想，人們不可讀它！可是項五一爲什麼要寫它們呢？爲什麼要使它們誕生？它們一旦誕生，便要與項五一脫離，獨立遠行，經歷愛和恨，或者更多的冷漠。項五一不應使它們誕生，可它們像成熟的生命在母體中騷動不安。

項五一問自己：我爲什麼不能像別人那樣，快樂地做一名詩人？

男孩像影子一樣從他身後逼了過來。男孩有一雙冷酷而卑賤的眼睛，看起來就像一個畸形的侏儒。男孩從什麼時候起變得醜陋不堪，而且猙獰，失去了天眞的笑顏。他孤單單地走在落寞的太陽下山的大街上，去找他的那些玩伴去做遊戲。玩伴們都躲著他，因爲他不會逢場作戲，總是假戲眞做，將事情弄得很嚴重。可是他的頂眞樣子又是那麼逗人，捨棄他也是莫大的損失。於是玩伴們就與他躲躲藏藏，眞眞假假，惹得他發急，充滿了忌恨。項五一感到身後寒氣逼人，他想：他的不快樂全是男孩帶來的，男孩將他一生的快樂都毀了。如不是男孩，項五一的一生將全部改變面貌。項五一耗費了幾十年的時間，驅逐這男孩，最終還是被男孩攫住不放了。男孩，男孩，你是誰家的男孩？

項五一已經陷落在他的詩行中了。這頗像是一場長途跋涉，他已經走到了一個回去的路與向前的路一樣距離的地點。由於他已經走了很久，又由於他的目標很遠，所以在這一個地點，他既看不見出發地也看不見目的地。這是征途中最易沉淪的一段路程，信心消退，心中充斥了虛無和盲目。我這是在做什麼？項五一問著自己，這一切辛勞的意義在哪裡？這一些流淌在白紙，將白紙弄污的黑字是什麼？它們爲了什麼，要來作踐心力交瘁的項五一？項五一覺得自己就像一個囚犯，鎖在地牢裡，外面就是明媚的陽光，將手伸出窗欄便可觸到。可是他卻關在黑暗的地牢，老鼠在牆角嘰嘰噥噥地嘲笑項五一。

項五一終於棄下那堆亂七八糟的稿紙，走到了街上。這時候，他才發現，陽光離他很遠，地牢裡的黑暗挾裹著他。無論是在多麼熱烈的陽光下，他總是身處在陰影之中。一個小足球朝他飛過來，越過他的頭頂和頭頂上的黑暗遠去了。後來他在如潮的行人中遇到了一個熟人。他就好像一個落水者撈到了一根救命的稻草。這個熟人就好像是一個媒介與一架橋梁，將黑暗的他與明亮的世界連接了起來。他想不起他與她說的是什麼，他只是一個勁兒地接連不斷地說了又說。他聽見自己的聲音在嘈雜而明亮的街道上回響，他才相信自己從黑暗裡脫身了。他很感激她能專心地聽，她聽著的樣子使他相信他眞地是在說話，他的聲音的回響並不是幻覺。他還感激她簡短的回答，這表明她真地聽見了什麼，並且了解了什麼。她了解了什麼呢？

有的時候，他覺得假如他不說什麼，不被別人聽見什麼，項五一就會在擁擠的人叢中消失了。大街上有那麼多的人，猶如一個波濤滾滾的海洋，吞沒一個人本是太容易的事。其實，很多很多人都相繼無聲無息地消失，甚至在消失的瞬間都發不出一聲像樣的呼喊。這使項五一感到無法明言的恐懼。假如項五一沒有了，人們卻還在大街笑著說著吃著亂七八糟的東西行走，這時候，項五一將在哪裡？項五一在地府深處，什麼也聽不見，什麼也看不見，什麼也做不成，什麼也想不成。

連想一想都不成了嗎？

幸而戰卡佳自始至終認眞而耐心地聽著他說，她的明亮的眼睛與他離得很近，他甚至能夠感覺到她平靜如水的呼吸。他還看見有一綹額髮從她前額亮閃閃地垂下來，她就擺一擺頭，眼睛避開頭髮的遮擋。這一切都使他安心地想到：項五一在這裡。還有她印花布兜裡放有四個鐵聽，玉米罐頭。當她將自行車靠了牆鎖好，就從車前的網籃裡將布兜提了出來。沉甸甸的玉米罐頭碰到門框，「砰」地響了一聲，她就叫道：「唉唷。」這一聲「唉唷」使她變得十分可靠，無疑地不會是一個幻覺了。後來他們吃飯，菜已經涼了。她一邊吃一邊說著各種菜的優點和缺點，她於做菜這一件事很是精通，還有做湯，比如玉米湯。

這些平凡的話漸漸驅散了他的迷濛的心情，他就像從一個噩夢中醒來了似的，再也不去想那消失或者不消失的問題。項五一的存在，變得簡單而眞實。

他們在午後兩點鐘的時光裡分手，他望了她在擁擠的人群裡走遠，所有其他的不認識的人都變得虛妄，只有她是確切的。這一瞬裡，他特別地清醒，他想，爲什麼這一個女人有那樣一種特質，就是你不必觸及她，便能覺得她的眞實可感。而另有一些女人，你已經楔進她的肉身，卻還覺得她虛妄無比。於是你便恍恍惚惚，不知身在何時何處。你的迷濛與恍惚是那麼巨大有力，竟使她們隨著你一同虛無下去，徹底消失了。而這一個女人，卻足以與他對抗。

當他回到稿紙散亂的書桌前，已是陰雲滿天，雨要來了，風鼓起了稿紙，好像一張張的船帆。那男孩已變成了一個眞正的侏儒，邁著他柔軟的腳步在房間裡踱步，等待他回來。由於嫉妒，他剛剛殺了一個好孩子，他使一個好孩子沒有流血就死了。事情是這樣發生的：他們在一起做著一場選舉好孩子的遊戲，他眼看著有一名孩子就要當選，而他顯然是要落選，他就攛掇他一起去幹一件糟糕的壞事，後來壞事幹成了，選舉破產了，那孩子卻再也做不成好孩子了。由於這一次做不成好孩子，他下一次也不抱希望了，他永生永世都不再去努力做一名好孩子了。遊戲的世界裡從此就少了一個好孩子。

項五一決定回頭不再向前走。撕碎的稿紙幾乎埋起項五一的腳。詩是什麼呀？項五一悲哀地問自己。

他又看見侏儒搖搖擺擺的醜陋的身影，他說：侏儒，你要到哪裡去？侏儒從此也消滅了做一個好孩子的希望。他其實是想做一個好孩子，可是做好孩子的機會那樣少，他再也做不成了。他渾身沾滿了骯髒的污點，他的自信與自愛全破碎了，他不得不自暴自棄，破罐子破摔。他賭氣似地去做壞事，他每做一件壞事，他離好孩子的希望就遠了一步。他忍不住爲那希望的逝去哭泣，他的眼淚都哭乾了，從此再沒有眼淚了。後來，他又企圖使自己相信，做一件好事就能抵消一件壞事。他就努力去做好事，而他做了許多許多好事，忽然有一天想起，有一個好孩子被他殺死了，他頓時萬念俱灰，他想：一件壞事抵消了所有的好事。他對自己說：妥協吧。他只得妥協，而接著就須承受妥協的屈辱。

一個壞孩子就必須承受那麼多嗎！

項五一爲人受過，將這屈辱背負了過久，要將它卸下來竟是這樣困難重重。卸下了它，項五一會不會一無所有了？將它卸下來，應當交給誰？誰會需要？若有一個人需要，一無所有的項五一便不會滅亡了。可是，這一個世界上，有那麼多不堪忍受的重負，有誰會再需要一樁別人的重負。大街上人頭濟濟，每個人都臨著滅頂之災，又有誰能夠注意項五一，好使他不滅亡。

詩的時代已經過去了。詩記錄人類歷史的壯闊的時代已經過去，記錄一個人卑微的心史的時代不會來臨。

人類浩浩蕩蕩唱著聖詩遊行的情景已成爲歷史，嗡嗡營營地低吟猶如卑賤的蟲鳴，轉瞬便將泯滅在喧囂騷亂的街頭。

項五一卻決心寫下去。他寫到五千零二行詩句，跨越了中心地帶，向第一萬行的頂峰進軍了。

7

從此，戰卡佳成了項五一家中的常客。假如她去辦什麼事要路過他們家，必定上樓去敲門。不需路過他們家時，她就在有一些星期六的晚上特地去看他們。有時候項五一在家，有時候項五一不在家。戰卡佳知道，凡他不在家的時候，就是在郊區農民的小屋裡，她就與他妻子聊天。無論項五一在還是不在，他妻子總是非常歡迎戰卡佳。當她告辭的時候，就再三地挽留。戰卡佳看出她是眞心地不願意她走。戰卡佳走了，就像是將她拋棄了一般，眼睛裡流露出哀求的神情。於是戰卡佳就一留再留，直到不得不走的時候，就總是無限地抱歉。那與項五一相形之下，顯得特別嬌小柔嫩的女人倚著門，拿了一柄手電久久地為她照亮。戰卡佳走到樓底，回過身仰頭對她喊：「進去吧，我走了。」透過扶梯的鐵欄杆看見她擎了一支手電的身影，不由地想：這女人很寂寞。

項五一在家的時候，女人為他們泡好茶，擺好瓜果糕點，就攙了女兒到另一間屋，或者出去到街上玩。離開之前，她總要說：「吃了飯走？」戰卡佳假如回答：「吃了飯。」她便很放心地走了，回來的時候則帶了一些新鮮的菜肉。她知道這是極少數的被項五一歡迎的客人中的一個。而且，以著她做女人的本能，她很奇怪地斷定：項五一和戰卡佳之間，是不會發生男女間通常會發生的那種事情。她有一種強烈而新鮮的感覺：當項五一與戰卡佳坐在一起的時候，他們似乎不是以各自的男人或者女人的身分相處。而當他們與自己相處時，才又恢復了各自的性別。她曾經企圖去解釋這個問題，卻解不開，她只是覺得這樣很好，很安全。而最最重要的一點，她有時候會覺得，戰卡佳很像一座橋樑，通向丈夫，又通向她。有戰卡佳在場的時候，她會覺得丈夫離自己近了一些，容易為她了解了一些。因此，星期天，他們在一起包一頓北方的餃子的時候，是最最快樂的時光了。

項五一和戰卡佳都在北方插過隊，會和麵、擀麵，她就負責拌餡，最後三個人坐下來一起包。女兒在另一張小凳上，用一小團麵做她的下給娃娃吃的餃子。那天，不曉得是誰帶的頭，他們唱起了他們做孩子時候的歌曲。項五一是那樣的快樂，又那樣的可親，他一邊唱歌，一邊對她擠眼，好像在說：「你看，我的聲音多好！」這時候，她禁不住有些鼻酸，她不由想起許多夜晚裡，項五一一言不發地坐在床上，一枝菸接著一枝菸，直到天明。她睡醒一覺，卻還看見黑暗裡明滅的菸頭。問他：「你在想什麼？」卻永遠也得不到回答，他就好像是一個陌生人，很偶然地坐在了她的身邊。她想起即便是他們做愛的時候，他也與她那樣遙遠。他們都感覺到了這些，就拚命地長久地擁抱著，將彼此的身體深深楔進了對方，可是一切都無用，他們依然路遠迢迢。她還想起有一些白天，他跑到電影院裡，一場接一場地看同一部電影。她做好飯菜等他回來，飯菜涼了又熱，熱了又涼，一直到了天黑。她覺得，他心裡有一個什麼東西，瞞著她，是她所不了解的，那決不是女人方面的事，不是。她耗了近十年的時間與心血去猜想，那是一個什麼東西。

她藉口先去煮幾個餃子嘗嘗鹹淡，自己來到廚房，當餃子下進滾開的湯鍋的時候，她的眼淚也落了進去。廚房窗下的後弄裡，有一些孩子在做無憂無慮的遊戲，她就想：做一個孩子是多麼好。

這是他們三個人最最快樂的時光，當他們度著這時光時，常常會共同地想著：這樣的日子還有多長久呢？於是他們就有些亡命徒的心情。他們去錦江樂園，過山車使得他們暈頭轉向，翻腸倒胃。他們一起去吃西餐，去看電影，熱鬧之後，每個人心裡都止不住地想到：又過去了一日。

自從認識了戰卡佳之後，不知不覺地，項五一那些雜七雜八的朋友漸漸也不太來了。有時候他們跑了來喝酒，看見飯桌上還有一個不喝酒的女人，就覺得不大自在，無法像過去那樣暢懷痛飲。下一次，當他們想來喝酒的時候就要考慮考慮了。還有的時候，他們並不是喝酒，只是來吹吹牛，恰恰又遇見了這個女人。她與項五一說話不多，也很平常，可是他們倆的談話使他們覺著，自己的話題荒誕不經且又無聊。於是，也就不隨便來吹牛了。在項五一插隊的村莊裡，日前又來過一名青年，提了一只紅色的人造革箱子，穿了三合一的西裝，紮一條的確涼領帶，希望項五一替他在上海尋找一個臨時工幹幹。他放下箱子就坐下了，一副安營紮寨的樣子。戰卡佳就提議說，她們學校為了追求經濟效益，搞了一個招待所，才一塊五一宿，可以去住那裡。項五一開始還說：「就住咱們家吧。」戰卡佳說：你們家哪裡有地方？擠在一起又有何趣。這麼一說，項五一頓覺沒有興味，便不堅持了。戰卡佳將那人帶走時，妻子熱情地一直送到很遠。為了讓項五一扮演一個豪俠的角色，她忍受了無窮的麻煩，而項五一卻並沒有因此而快樂半點。她不明白，他為什麼要扮演一個豪俠。

這樣，漸漸地，當項五一又去郊區小屋接連幾天不回家，而戰卡佳又正好沒有路過的機會且又很忙，她便會感到那寂寞是不可忍受的了。這樣的日子裡，白天倒還沒什麼，因為有各種各樣的事情需要操心，騰不出時間想別的。可是到了晚上，將女兒哄上了床，她一個人坐在空曠曠的房間裡，千頭萬緒便湧上了心頭。她一遍又一遍地問自己道：

項五一，項五一，他究竟是什麼人哪？

她有時候甚至很徹底地想：還不如項五一去偷情呢。她能懂得偷情的男人，卻無法懂得項五一。

有一日，天下著雨，爲了迎接期末考試，戰卡佳就開了晚自習課。自習課結束時，已是八點半的光景。她披上雨衣，到車棚推了車子，走出校門。卻見前邊人行道上，站了濕淋淋的一個人，猶猶豫豫地迎上兩步，小聲地叫她的名字。戰卡佳失聲叫了起來：

「出什麼事了？孩子病了？還是你自己病了？」

她搖著頭，牙齒格格地打著顫，努力在臉上擠出一個微笑，說：「我路過你的學校，順便來看看你。」

「你上哪兒去能路過這裡啊！」戰卡佳叫道。並且張開雨披，將她裹了進來。她濕透的衣服以及克制不住的寒顫，使戰卡佳想到，她在這裡已經等待了很長的時間。她調轉車頭，重新進了學校，一手摟著她單薄冰冷的肩膀，就像她是一個很小的女孩。

她不出聲地哭了。

戰卡佳沒有說話，摟著她一直走進辦公室，打開了日光燈。她的抽泣聲在空曠的辦公室裡靜靜地發出回聲。戰卡佳讓她坐下，搖了搖熱水瓶，見還有半壺水，便泡了茶，塞到她手中。

她冰冷的手捧了茶杯，淚珠滾滾地從她臉頰上淌下。

戰卡佳在她對面的椅子上坐下，默默無語地望著她，心裡想：什麼事情使她這樣傷心。

她自己悄悄地哭了一陣，然後擦乾了眼淚，喃喃地說：「晚上，我一個人坐在那裡，覺得很冷清，不知怎麼就跑來了。」

「這麼多年，難道你還沒有習慣？」戰卡佳問她，她從自己聲音聽出了一點殘酷的意味，可是話已經出口了。

她悄無聲息般地說：「習慣了。不過有的時候，」她停了一下，然後將茶杯輕輕地放在桌子中間，說：「我走了。對不起，耽誤你回家了。」

「不，你再坐一會兒嘛。」戰卡佳拉住了她的袖子，這回輪到戰卡佳求她了。

她抬起眼睛看著戰卡佳，她眼睛裡的嚴肅與悲哀使戰卡佳暗暗吃驚。停了一會兒，她說：「我本來是想來問你的。」

「問什麼？」戰卡佳小心地說道。

「問你，項五一——」她沉默了，戰卡佳默默地看著她，然後，她接著說，「項五一，項五一他究竟是什麼人啊！」她眼睛裡湧滿了淚水，「我眞的猜不透他，你不會知道這種滋味：他明明和你在一起，他又明明離你很遠。我本來是個快活的女孩，我本來還以為我能使項五一也快活起來。」

戰卡佳不作聲。

她的眼睛就一直望著戰卡佳，然後她笑了一下，說：「我到了這裡之後，才明白，你就是知道什麼，也不會告訴我的。你怎麼會告訴我呢？」她自嘲地又笑了一下。

戰卡佳舔了一下嘴唇，她感覺到嘴唇在裂開口子，她問道：「你為什麼認為我能了解他？」

「至少你要比我了解。」

「為什麼？」戰卡佳固執地追問。

「因為，我看出，你對他有影響。」

「假如我了解什麼，為什麼不告訴你呢？」戰卡佳微笑道。

「因為，你我都是女人，天下的女人最終都要為敵的。」她故作聰明地說。淚水和雨水洗淨了她巧妙化妝的脂粉，露出了粗糙的皮膚和眼角一點皺紋，戰卡佳想到：她其實已經不年輕了。

她身上的衣服和頭髮半乾了，卻都有些凌亂。她手裡扶著已經涼了的茶杯，另一手在桌面上畫著什麼字，慢慢地說道：「我們家裡有時候吵鬧得很，全是亂七八糟的聲音，孩子就特別地瘋，興奮得徹夜難眠。可是有時候卻冷漠得好像一座墳墓，孩子就垂頭喪氣，食欲不振，得病了似的。我們家的氣氛總是在頂峰與低谷之間大起大落，這對孩子最不好了，使她很不健康。而自從你來到了我們家——你第一次來到我們家，我就覺得有什麼事要改變了，你使我們平靜和安寧。我看出你是一個和我們一般女人不同的女人。你有一種力量，這一種力量，好像可以使任何傾斜的東西都平衡過來。」

「我不知道。」戰卡佳囁嚅著，這一回，又輪到她做一個小女孩子了。

「可是我知道。」她眼睛望了漆黑的窗外，繼續說道，「其實你也知道，不過不說罷了，不像我，心裡有什麼就說什麼。要教我說，項五一的命運真是倒楣透了，因爲他所有的倒楣事情，都怨不得別人，都怨他自己，是他自找的。他活到哪一天，就自找倒楣到哪一天。什麼時候死了，他的倒楣事才算結束。」她忽然痛苦地蹙緊了眉頭，好像突然將一顆很苦的東西咬碎了，「可是，我又離不開他，並且因爲他選擇我做妻子，我很驕傲。我想，他一定不是個平凡的人。」她猝然回過頭來，對了戰卡佳笑道：「你看，我知道的，我都說了。可你一點也不洩漏。」

戰卡佳喃喃地說：「實在是，非常對不起。」

她一下子哭喪了臉，乾噎著說：「你還不願說嗎？難道你就不可憐我，我對他什麼都不了解，我是項五一的妻子。」

她最後那句「我是項五一的妻子」，說得特別響亮，戰卡佳忽然感到一陣心如刀絞，她怔怔地看著對面那個女人，心裡緩緩地說道：「那眞是一個誤會。」

她似乎聽見了戰卡佳所想的，冷冷笑了一下：「其實，他不會愛你的，因爲他是一個自私的人，他不會愛任何人。」

戰卡佳慢慢地站起來，臉上卻也露出了微笑，她說道：「所以你剛才說錯了。普天下的女人，惟有你與我，永遠不會爲敵。」

這時候，窗戶篤篤地敲響了，是傳達室的阿汪伯伯，隔了窗說道：「戰老師，你還不回家嗎？已經十一點了。」

「好的，我就走，阿汪伯伯。」戰卡佳套上雨披，眼睛一直沒有離開對面的女人。她們站在那裡對視了一會兒，然後從各自的位置上走出來，一同走向門口。分手時，她們道了「再見」。這時候，雨已經停了。

戰卡佳騎車走在回家的路上，心裡想著：我已經到達項五一的岸邊了，我馬上就要接近他了。欣喜的淚水湧上了她的眼睛。

8

雨水在項五一的窗檯上積起了水窪，鐘聲在遠處噹噹地敲響，一個女人將出場了，詩人激動不安地想道。一個女人終於要出場，來安慰他受了委屈的心靈。他已被那侏儒折磨得太久，侏儒猶如一個虐待狂和受虐狂，他已經傷痕累累。在那女人終於要出場的一刻裡，他停頓了很長很長的時間，他不作聲不吸菸地坐在窗前，心裡充滿了一個念頭，那就是：我萬萬不可玷污了她。

有雷聲在遠遠的地方轟鳴，飛鳥折斷了翅膀，淋濕了羽毛，在梧桐葉裡哆嗦。雨點在窗檯上濺起水花，沾濕了稿紙，黑字在白紙上溶化了。項五一還不動手，他靜靜地端坐著，心裡卻激動得厲害，他想：我是寧可弄污了自己，也不能弄污了她的。這將是最聖潔的段落。他怕自己在污泥裡陷得太久了，會不知不覺地褻瀆了這個段落。

下雨的日子裡，黃昏來得特別早，不一會兒，屋裡已暗成一片。項五一坐在黑暗裡，整整一天，沒有吃沒有喝。他感到自己很虛弱，可是心裡的濁水在漸漸澄清。項五一終於困乏得支持不住了，他想道：「我們有希望了。」然後便睡了過去。這一覺睡得很長，又很沉。他不知道在這個夜晚裡發生了許多故事，親家變成了仇家，仇家又變成了親家。當他睜開眼睛了的時候，他曉得——

一個女人終於要出場了，項五一知道，挨是挨不過去的，等待得已經夠久了。雨停了的時候；天邊出了一道七色彩虹的時候；小孩子叭噠叭噠踩著水窪，濺起了水花的時候；濕衣服重新晾出去的時候——

男孩去打醬油，卻跌了一跤，瓶子摔碎了，褲子剮破了，膝蓋磕爛了，錢又教壞孩子們搶走了。男孩不敢回家，蹲在街角屋檐下哭。這時候，太陽下山了，天漸漸黑了，路燈亮了，孩子們都回家了——

男孩耳邊升起了一個溫和的聲音：「男孩男孩，你不要哭，媽媽在家等你。」就像有一隻手牽住了男孩污黑骯髒的手。男孩漸漸不哭了，眼淚乾了，心裡很急，腳步很快——

媽媽在門口等他，對他說：「闖禍的男孩，你不要怕。」

詩人的眼前，出現了媽媽。他歡喜地想道：我等了那麼久，原來等的是你啊！沒有你的日子，是那麼孤苦難耐。他想起他的每一次離家和每一次回家。他想他無論走得多遠最終又都回來，全是因爲媽媽。於是就想：爲什麼人都有一個媽媽。

男孩又一次去打醬油，他的媽媽很寬大，使他很快樂。他說：「媽媽，你等著。」就飛跑了出去，卻遇見一群壞孩子們在做遊戲，對著他說：「男孩，男孩，你過來，我們和你玩。」男孩生平最怕的一樁事就是沒人與他玩。於是他就跑了去，把打醬油的事忘在了腦後。後來，瓶子摔碎了，褲子剮破了，膝蓋磕爛了，錢也教壞孩子們偷走了。男孩不敢回家蹲在街角屋檐下哭。這時候，太陽下山了，天漸漸黑了，路燈亮了，孩子們都回家了——

男孩耳邊有人輕輕說：「男孩，男孩，你不要哭，媽媽在家一聲一聲叫你。」男孩回家了，媽媽在門口等他，對他說：「闖禍的男孩，你不要怕。」

一個寓言從詩人的筆尖潺潺地流了出來。詩人心裡有點悲傷，他愧悔地想：下一回，男孩一定不敢了。

男孩的門外有人在喊：「男孩，男孩，你出來，我們和你玩。」男孩生平最希望的一件事，就是有人與他玩。他說：「媽媽媽媽，我要去打醬油。」媽媽給了他錢和瓶子，他就蹦蹦跳跳地出去了。結果，瓶子摔碎了，褲子剮破了，膝蓋磕爛了，錢也教壞孩子們騙走了。男孩哭了一陣，自己對自己說：「媽媽在家等我。」於是就自己回了家。媽媽說：「闖禍的男孩，你不要怕。」

詩人想：得想個法子，留住男孩，媽媽太可憐了。想起可憐的媽媽，詩人眼睛裡湧滿了熱淚，他想：我等了這麼長久，結果卻是要使媽媽傷心，這太不應該了。

下一回，媽媽不讓男孩出去。壞孩子在門外迭聲地叫：男孩，男孩，你出來，我們和你玩。男孩說：「媽媽，我要打醬油。」媽媽說：「男孩，你不要出去。」男孩說：

「不，我要去，你給我瓶子和錢，我一定把醬油打來。」壞孩子在門外叫：「男孩，男孩，你出來，我們和你玩。」男孩心急火燎，對媽媽說：「你不讓我出去，大家就會再不同我玩，男孩哪能不玩呢？」壞孩子們又叫：「男孩，男孩，你出來，我們和你玩。」男孩對媽媽說：「我煩透了你！」男孩掙開媽媽，跑出門外，到了晚上也沒回來。媽媽留給男孩的飯菜涼了一遍，熱了一遍，熱了一遍，又涼了一遍。天亮了，男孩沒回來；天黑了，男孩又沒回來。媽媽等了九天九夜，男孩才從外面回來，瓶子摔碎了，褲子剮破了，膝蓋磕爛了，錢和壞孩子們一起花掉了。男孩朝地上一躺就睡熟了。他一覺睡了三天三夜。媽媽在旁邊等啊等的。一直到第四天早上，他才醒來，從地上爬了起來，邁開柔軟的腳步走了一圈。媽媽發現，男孩變成了一個侏儒。可是她還說：「闖禍的男孩，你不要怕。」

詩人想：我請她來，難道是爲了好讓侏儒折磨她？那侏儒折磨了我一個還不夠，還要來折磨媽媽嗎？他想起媽媽日益憔悴的面容，是誰無情地摧殘了你？詩人的心都碎了，他的筆在打顫。他沒想到這個寓言會這樣傷心，眞是沒意思啊！他這樣想，心灰意懶，萬念俱灰。侏儒嘲弄地對著他，難看地笑著，好像慶賀他卑鄙的勝利。詩人這才發現，這是一場幾十年的戰爭了，他已身心疲倦。他掙扎著坐起來，不讓自己躺倒。太陽金色的光芒，犁開了滿天的陰雲，光影在詩人的眼睛裡如歌地前進——

侏儒養好了傷，吃飽了肚子，對媽媽說：「我出去玩了，你不要等我，這一日我再也不會回來了。」媽媽沒有哀求，她知道這樣鐵石心腸的侏儒，求他也是無用的，她只是默默地等待。侏儒永遠做不成一個遊戲的能手，他總是敵不過他的玩伴。他的所有玩伴都比他健康、機靈、詭計多端又頭腦簡單。每一日，侏儒都被他的玩伴擊得個落花流水，連家都找不著了。他拖了他畸形的病體，走在大街上。人們從他身邊走過，誰也沒有注意他的失敗。他的衣衫日益襤褸，形容憔悴，就像一個眞正的乞丐。他風餐露宿，與野貓爭奪吃食。有一天，他在人家的屋檐下遇到了媽媽，媽媽說：「闖禍的男孩，你不要怕。」他在媽媽懷裡哭著打滾，將眼淚和膿血沾了媽媽一身。他哭夠了，哭累了，漸漸安靜下來，輕輕地抽噎，將他布滿污垢的髒臉深埋在媽媽的胸前，他想：他哪兒也不去了。只聽媽媽說：「男孩，男孩，我們回家吧。」他便破涕爲笑，牽了媽媽的手，在前邊引路，好像是他把媽媽帶回的家。

詩人想：這樣美麗的媽媽怎麼會有這樣醜陋的兒子？

侏儒成了一個虐殺母親的劊子手。他的雙手沾滿了母親的鮮血，他是喝著母親的鮮血長大。詩人充滿了絕望的心情，他想：爲什麼沒有人揭露侏儒的暴行？人們淡漠地從侏儒母親身邊走過，睜大著迷茫的眼睛，一副熟視無睹的表情。詩人想到，也許他們在家裡，也是一樣地甚至更殘酷地虐殺他們的母親。我們殺了多少母親啊！這一樁暴行，在這個罪孽深重的世界，是多麼不重要啊！可是——

侏儒的媽媽要死了——

詩人想：媽媽死了，不是一樁太壞的事情。他的心反倒平靜下來。他只是納悶事情怎麼會變得這樣糟糕，與他的期望全都相反了。他分明是很愛很愛媽媽的，他等待媽媽的來臨，等了整整一個晝夜，希望融融。他的心靈哭了又哭，他想一切都不可挽回了。他看見侏儒的眼睛在黑暗裡閃爍著碧綠的光芒，他從未像現在這樣憎惡這侏儒。他將他握在手裡，想要像捏一隻卑下的蒼蠅那樣捏死他。侏儒的肉體卻是那樣柔軟並富有彈性，就像一隻堅韌的毛蟲。詩人看見了他的眼睛，依稀辨認出他兒時的模樣，心中不由地哀嘆：男孩男孩，你是怎麼才變成了這個模樣？你還能再做一個好男孩嗎？

寓言很快就要結束，詩人想著，這一個寓言究意包含一個什麼哲理。寓言的最後一句他已經想好，並在心裡默念了多遍。可是媽媽還沒有死，雖然氣息奄奄，她還有話要說。

侏儒這時候離家很遠，他不知道家裡正在發生著什麼事情。他正流浪在一個陌生的城市的陌生的街頭。他與一群流浪漢混得已經很熟，會說許多下流的切口，還會做許多惡劣的行徑。可是有一天，他心裡好好的忽然很痛。他不知不覺走上了回家的歸途。流浪漢們在身後追著他，叫道：「男孩，男孩，你回來，我們同你玩。」他猶豫了一下，卻依然回家。回家的道路總比離家的道路長過一倍。他心急火燎，日夜兼程，流浪漢的歌聲在遠處回蕩：「男孩，男孩，你回來，我們同你玩。」他忽然間流下了眼淚，覺得非常悲傷。

詩人的心柔和下來，他緩緩地想著：侏儒要回家了。風吹進窗戶，將他的稿紙吹落在地，刹那間，他腳下是雪白的一片，好像冬天的雪地。他又將最後一句在心裡默念了一遍，安慰著自己，很快就要到家了。

侏儒走進家門，媽媽僅存一息。侏儒破衣爛衫，一身臭氣。媽媽卻說：「闖禍的男孩，你不要怕。」

這還不是最後一句，詩人想。最後一線陽光還在紙上，照耀著即將被詩句覆蓋的白紙。拖拉機轟隆隆地從遠處農田歸來，曬乾的衣衫如彩旗一般呼啦啦地飄揚。

侏儒還須哭很久很久的時候，詩人要爲他的哭泣留下篇幅，眼淚在稿紙上流成了河。

侏儒終於不哭了，他讓眼淚自己在臉頰上乾去，然後靜默了很長時間。詩人也要給他靜默的機會。這是唯一的改惡從善的機會了，我們決不能催促得太緊。詩人已經很累很累，詩人想到：草芥一樣的生命裡，卻有那麼多的熱淚，這是什麼傷心的道理？

他很長時間沒有吃東西，也沒喝水，爲了一則沒有人需要的寓言。可是我需要，詩人說。

然後，侏儒又離了家，流浪已成了他的生命，爲了這生命，他付出了太多的代價。到了夜晚，侏儒蜷在了街角——現在，最後的時候來了，最後一句是一首流傳在上海街頭的童謠，總共有兩句：

有一隻貓咪蹲在屋檐下
翹起了尾巴在叫牠媽媽

這一個寓言就此結束了，詩還沒完。

9

早晨，第一堂課打鈴之前，戰卡佳接到了一個電話。有一個聲音對她說：「請到我這裡來。」那聲音像從極遠的地方傳來，幾乎被嗡嗡的電流淹沒，可是戰卡佳依然辨認了出來。她的心跳加快了速度，腿有些發軟，她激動地想到：這一天終於來到了。她啞聲問道：「你在哪裡？」她聽見他的聲音穿過電流微弱地傳來，心中不由生出了憂慮：他如不是病了，就是疲憊得厲害。他的聲音無可抑制地帶了一種求援的意味。她問道：「你還好嗎？」他沒有回答，只是問她哪一班車到。戰卡佳答應他儘快地就去，他才放了話筒。戰卡佳心裡忽然充滿了憐憫的感情，她想：這個大孩子在受苦了。她恨不能一步趕到他的身邊。她曉得從他放下話筒的一刻起，他就開始等她了。如不是萬分火急，他是決不會給她打電話的。他一定是有什麼事情實在挨不下去了。什麼事情呢？

這個電話使戰卡佳很激動，她好像等這個電話已經等得很久了。她心裡一直隱隱地存了一個念頭，那就是：項五一要來一個電話。這一天，戰卡佳每過一分鐘，就要想一遍：這個大孩子在等她。她又著急，又驕傲。她腦海裡浮起一幕情景：一個大孩子在一間鴿籠般狹小的屋內焦躁地踱步，每一分鐘都長於一百年。可是這是寒假前的一週，馬上就要大考，然後學生們就背了書包回家，準備度過快樂的春節。課時排得很緊，牽一髮動全身，她無法與人調課，更無法缺勤。麻雀在荒蕪的操場上啄食，天色灰白，奇異地溫暖著。這是一個作雪的天氣——她在課間休息的時候，從課堂穿過操場走回辦公室，昂起頭望著天空想道。雲層已經遮住了太陽，她看見自己淡淡的影子在灰色的沙地上消失了。她忽然想起很久前的那個黃昏裡，她帶了項五一從敵人的重圍中逃脫出來，恓恓惶惶地跑過這裡，這就是開始，那麼現在呢？她望了望空曠的周圍，心中忽然湧起了一股不祥的預感。她加快腳步，走過操場，將那念頭壓了下去。

下午四點鐘的光景，她上完了最後一堂課，布置了回家作業，給家裡打了一個傳呼電話，來不及等回電，只讓電話間告訴家裡，今晚不回來，有事在朋友那裡，就趕往西郊小火車站。到了那裡，一班火車剛剛開走，她只能乘下一班，也就是末班車了，時間是七點整。還有兩個多小時，她不打算回家了，就在周圍轉了轉，找了一家餛飩鋪，要了一碗餛飩，然後靜靜地坐在油污的桌子前等待。天陰沉得厲害，店堂裡的人都說，最遲不過半夜，一定會下雪。她不停地看錶，心想：這兩個小時二十分鐘，那個大孩子將怎麼度過啊！想到在兩小時二十分鐘之後，她就能見到那個大孩子，她竟有些坐不住了。又有一個人走進店堂，說，夜裡要下雪了，方才廣播裡已經預報過了。那麼，在這麼一個雪夜裡，將會發生一些什麼呢？

餛飩端到她的面前，她慢慢地吃著，卻不知道是什麼滋味。她沒想到，這最後的時間是那麼難挨。她等了那麼長久都等過來了，臨到最後，倒有些等不及了似的。她吃完餛飩又去隔壁一個書攤上買了一本「連載小說」，心想，看著小說，時間會過得容易一些。可是她的眼光從書頁上滑過，一個字也讀不進去。最後，她只得抱著膝蓋，坐在長條椅上，望了牆上的一盤大鐘，等待時間過去。那大孩子將如何地著急了，她歉疚地想，卻又抑制不住一股快樂從心底裡湧起：你讓我等了那麼長久，我也要你嘗嘗等待的滋味。她臉上不禁露出了微笑。可是，她是多麼憐惜他啊！她的心情柔和似水。候車室裡人越來越多，最新進來的人都跺了腳，抖抖衣服，嚷著說：外面下雪珠了。這一個雪前的黃昏，將令她永生不忘。

窗外的天色漆黑的一片，有路燈在微弱地照亮。她隨了上車的隊伍走過了檢票口，露天的站台上沙沙地滾動著雪珠。當她跨上車門的那一瞬間，天上飄落了一片雪花，她快樂又有點憂傷地想道：下雪了。她終於在一個下雪的夜晚裡踏上了一列駛往郊縣的末班車。

車廂裡很空，她一個人坐了一條長椅。車上大都是郊區的農民，他們在早晨扛了蔬菜和家禽去上海賣了，再買了日用品和布料回去。車開動的時候，她心裡安定了下來，想著：什麼也不能改變了，便閉上了眼睛，任憑車廂搖晃，車輪噹噹地撞擊著鐵軌。她甚至還睡了一小會兒，醒來時火車停著，左右都不是站台，也沒有燈光，黑漆漆的一片。仔細辨認，才見是秋收以後的農田，覆蓋了薄雪。車廂裡有些寒冷，有人在輕輕地跺腳取暖。她迷茫地想著：為什麼停在了這裡。忽然一列火車颼地迎面而來，風馳電掣般地從車窗前邊過去。她看見一串明亮的窗口迅疾地閃過，然後，他們的車動了。原來是等著給那車讓道的，她忽又充滿了恍惚的心情，不明白自己是怎麼登上了一列火車，一切好像是在夢中。她努力地想了又想，思緒總是跑開，集中不到她指定的那一點上，就像通常人們入睡前的那一個時刻。她想了一會兒就放棄了努力，重新有些昏昏欲睡，窗外卻陡地光明起來，她看見了站台。她的目的地到了。難道這就是她的目的地？她好奇地想了一下。跟了挑著空籮筐的農民下了車。站台上有等車的人，這車還須開往前方。她立在站台上左右望了望，燈光把她的身影清晰地投在地上。她看見薄薄的雪花從頂棚前邊飄了下來，一葉一葉的。然後就邁開了腳步。路已經有些打滑，地很暖，留不住雪花，雪花落地便漸漸地融化了。

她走進了候車室，候車室空空蕩蕩的，只有一個老太在辛勤地掃地。她向那老太問路，老太很熱情地將她引到門口，對了前邊黯淡的街道左啊右的指點了一番。她謝過之後就順了指點朝前邊的街道走去。夜晚的街道上走了幾個年輕人，用本地口音哼著流行歌曲。雪落在他們長長的頭髮上，又漸漸地化了。她走過大街，走過一座石洞橋，橋下的水早已乾涸了，有一隻水泥船合撲在那裡，底上落了一層雪花。然後她走上了一條石子路，沿了石子路望過去，她望見了他在電話中所說的那道海堤。這是傳說中曾有無數烈士爲此捐軀的海堤，黑沉沉地映在灰藍的天幕之前。

他說他的房間有扇窗，面對了海堤，夜深人靜時可聽見洶湧的濤聲。有時候，他睡醒了一覺再也睡不著了，就站在窗前聽那海的嘯聲，心裡竟會覺得自己非常渺小。他覺得他被人們遺忘了，於是就特別想找一個人聊聊天。可是在那樣的深夜，人們都沉溺在自己的夢鄉，有誰會去和他聊天？

她沿了他和那位老太的指點，順利地找到了他的房子。那是一幢農民致富以後自己蓋的三層樓房，在四周的平房或二層樓房中間，猶如一座碉堡。她仰起頭，看見了三層樓上，面對海堤的燈光。她溫柔地想道：那大孩子在等我呢！那一點燈光好像一個燈塔，兀自獨立。在這個下雪的夜晚，人們早早地閉了門，不再串門和逛街。也許還會有人生起一個鐵皮爐，在爐門裡烘烤一隻紅薯。她是怎麼來到了這裡？當她踏上砌在東牆外的一道水泥樓梯的時候，又一次地想到這個問題。每一墩樓梯都砌得很高，她須努力抬高了腿腳才能登上。這是最後的路程了，前邊等待她的命運是凶是吉，她一無所知，心裡茫茫的一片。她只知道，在那最高的頂上，有一個大男孩已經等了她整整一天。

她忽然狂喜地想到：她已經接近項五一了，她與他只有咫尺之遙了。她想起這一日裡，她與他的等待都歷盡了艱辛，好像概括了他們彼此的一生。眼淚奪眶而出，她任憑眼淚歡暢地流淌，洗淨了她心中幾十年來希望與失望沉澱起的雜質。她好像是懷了一個追求聖跡的使命，才來到這布滿凡人庸碌腳印的世上。而現在，她終於接近了——

她走上了一樓，又向上一樓挺進。她看見了海堤上的公路，好像一條漫長的帶子。海水是黑暗的，寂無聲息，浪濤還遠遠沒來。她佇立在他的門前，心裡格外地明淨和平。原來這大孩子是在這樣的地方，這地方是怎麼被他找到的？她最後一遍地想道，然後就舉手敲門。

10

他開門對她說：「是你來了？」

她說：「我坐了末班車來的，並且，天下雪了。」

他說：「我看見天下雪了。雪從我的窗戶前面一片一片飄下來，有的落在窗檯上，有的黏在窗戶上，然後慢慢地化掉。這裡不是下雪的地方，雪積不住，落在地上就化了，因爲地很暖。而在我所去過的北方，雪積了起來，村莊就像雪宮。在這樣下雪的天裡，你是怎麼來的？」

她說：「我坐了末班車來的，車晚了幾分鐘，因爲在中途等一列車，爲給它讓道，臨時停車了。」

「這裡的末班車經常誤點，它總是給別人讓道，因爲它是列不重要的慢車。不過，有的時候，快車也須讓道。有一次，我們在一個地方，爲了讓車，停了三個小時，又不敢下車走遠，如果走遠了，車開了怎麼辦？你的末班車沒有誤點吧？」

「誤了有幾分鐘，不過沒關係。我從車站往這裡來很順利，是向一位老太問的路，她很熱心又負責地爲我指路。」

「這裡的人情非常淳厚。假如你在街上問路，被問的又恰好不知道你要去的那個地方，可是旁邊的人都會主動站住腳，告訴你，去往你要去的地方，應該怎麼走。他們不厭其煩地一遍又一遍告訴你，直到你完全弄明白爲止。你來這裡沒有找人問路吧？」

「問了一位老太，她正在候車室裡掃地。」她回答。

「這個，你已經說過了。」他忽然停頓下來，眼睛恍惚地轉了一圈，定在了窗戶前的書桌上，上面的稿紙已收拾乾淨，不知被他藏進什麼地方，露出光溜溜的桌面。

「馬上就要大考，課排得太緊，實在調不開，所以，現在才……」

他驟然打斷了她的話：「白天我也很忙，白天我總是寫啊寫的。」

「你寫得太多太久了，有時候，應當適當地休息一下。」

「寫的時候，我不覺累。如果有那麼一段時間，一個月，或者兩個月我沒有寫，而是在外面跑，你知道，我是經常在外面跑的，跑了一個月，或者兩個月，然後回到這裡，鋪開了稿紙，這時候，我感到了安恬的休息。」

「那你是很愛寫了。」

「不，我並不愛……」說到這裡，他忽然煞住了話頭。好像是，他感覺到，這樣的話題有些危險，停了一會兒，才又慢慢地說道，「你剛才說，學生們要大考了，這樣的時候往往很緊張。」

「就那麼幾天緊張，然後就是寒假了，放假總是孩子們喜歡的。」

「小時候，每一年寒假，我總是想要堆一個眞正的雪人，我就盼望下雪。有的冬天不下雪，我就失望得要命。有的冬天雖然下雪了，可是雪落在地上化成了水，我更失望。寒假結束的時候，天氣也漸漸暖了。於是，堆一個雪人的願望就放在了下一次的寒假。當所有的寒假都結束了之後，我依然沒有堆成一個雪人。」

「奇怪的是，我也有過同樣的念頭，關於堆一個眞正的雪人……」

「我的話還沒說完，後來，我們到了農村，那裡的冬天會下很大的鵝毛大雪。地上積起了一尺厚的雪，可是堆一個雪人的事情卻被我們每一個人忽略了，我們想：堆一個雪人，是那麼無聊的念頭。小時候聽老師說：雪是麥苗們的棉被。這話是眞的，也很重要。有一次，我們扒上了一節煤車，在雪天裡行駛。雪落在我們身上，將我們蓋了起來，眞是很暖和。小時候，老師說的有許多話是眞的。做一個老師是很有意思的事情吧？」

「我喜歡做一名老師，和孩子們在一起，事情變得很簡單。」

「可是還有家長呢？和家長們在一起，事情還會簡單嗎？」

「那自然是要複雜一些。」

「不，要複雜得多，複雜得多了。因爲我就是一個家長，家長是頂頂麻煩的了。比如說，我本來是要一個兒子，後來卻是女兒，我問醫生，生兒子與生女兒的道理在哪裡。醫生對我說，這是染色體的問題，我就問，染色體是什麼道理。把那個醫生煩得走投無路，我卻緊緊跟著不放。後來他實在沒有辦法了，就對我說：他老婆不久才生了個兒子，或者我們換一換，因爲他對女兒兒子是沒有什麼偏見的，我就說：換是不換的，不管怎麼說，總是自己生的。醫生就大叫了起來：「這，就是『染色體！』」

「很妙的故事。」

「一個人坐在這裡，有時候，一個故事又一個故事就湧上心頭。比如，就在你剛才敲門的時候，我就想起了一個故事：從前，有一個人……算了，不說了，這個故事太長又太複雜，需要許多時間去說，以後再說吧！」他忽然不耐煩起來，用右手食指的骨節篤篤地敲擊著光溜溜的桌面，房間裡回響著他急驟的敲擊聲。

「你怎麼會在這裡租了一間房子？是怎麼才找到的。」

「是朋友介紹的，就是那個與我一起插隊的同學。說起他的遭遇，也是很奇異的。我們一同去插隊，有一次天下雨，一連下了七八天，沒活幹，我們就打撲克。先打四十分，再打爭上游，後來又打吹牛皮，抽烏龜，杜辣克，什麼樣的牌都打得沒意思了。最後有一個來串門的農村人說，他會用撲克牌算命。這是一個回鄉知識青年，在縣中讀到了高三，特別喜歡到我們這裡來。這時候，他就一個一個給我們算命，算到那個同學的時候，就說，他就像一棵狗尾巴草的籽籽，一落土就生根。他必定是要在此扎根，娶媳婦，甚至不是娶外莊的女孩，定是本莊的，並且，還就是莊東頭的，我們知青的房子是在莊東頭的。後來，他眞地和我們房東家閨女結了婚。再後來，他就找了關係，調到此地落戶。現在他辦了一個塑料袋廠，掙了許多錢，孩子也有兩個了，一個男，一個女。」

「人大約是有命的，我有一個朋友……」

「還有一個同學，夜裡作夢，他死去的外婆來看他，說毛弟，毛弟——這個同學的小名叫毛弟——外婆說：毛弟，毛弟，你的床我鋪好了，綠豆湯也燒好了，你明天早點來啊！第二天一早，他搭了隊裡的手扶拖拉機上街，在橋頭拐彎的地方，手扶翻了，將他壓在下邊，成了肉泥。」

「太可憐了。這樣的年紀，還沒有生活過呢！」

「有時候覺得他其實很幸福。早早地解脫了。在他還沒有顧惜生命，不曉得生命有什麼意思的時候，就結束了，是一件喜事。他總不必像那些風燭殘年的老人，護自己的生命就像護一盞風裡的油燈，看著油一點一點燒乾，絕望無助。」

「可是你去問那個毛弟願不願死，他一定不願意。」

「我沒有問過毛弟，但那個年紀的孩子，沒有一個怕死的。」

「那是因爲死離他們還很遠，那是一個遙遠的問題。」

「那是因爲死離他們很近，他們還不懂生命是怎麼回事。」

「我不懂你的話。」她坦白地說。

「對於他們，生與死還沒有拉開距離。好比嬰兒，其實是剛剛從死亡出發，他們也實在沒有走得太遠。有時候，我想：我死了之後，是什麼情景。這個問題在我很小的時候就湧上了我的心頭，時時刻刻地纏繞不休。我想啊想的，死了之後，我在哪裡。後來，有一天，在上歷史課的時候老師在講鴉片戰爭，我忽然生出一個念頭：在林則徐悲壯地革職的時候，我在哪裡？我恍然明白了一件事，那就是：死之後的情景與我們生之前的情景一樣。其實，我們都是從死亡出發的。在那三皇五帝的時候，春秋戰國分久必合合久必分的時候，秦始皇一統天下的時候，唐王李世民建立大唐，鶯歌燕舞、絲路花雨的時候，南唐後主含淚遙對江山，別時容易見時難的時候，蒙古人騁騁入中原的時候，滿人進京的時候，火燒圓明園的時候，『九・一八』的時候，解放軍渡江、國民黨逃亡台灣的時候——那就是我們死亡的時候。我們實實在在、千眞萬確是從死亡出發的。」他興奮得紅了臉，眼睛爍爍地閃亮，微微地喘息著。

她小心地問道：「你坐在這間小屋裡，就是想著死亡的事情？」

他先是一怔，然後一驚，好像是險些兒被她窺見了什麼。紅潮漸漸從他臉頰上消退，他的身體慢慢地靠到椅背上，說道：「我來到這地方，主要是躲避吵鬧。上海的大街眞是越來越吵鬧得厲害了。記得我小的時候，還很冷清。到了夜晚，靜悄悄的。公共汽車上也沒有那麼多的人，對了，那時候還有電車，沿了軌道，噹噹地前進，記得，只需三分錢便可乘坐。在我插隊走的那年，還有電車噹噹地在上海的街道上前進。可是一年後回來，電車已經絕跡，鐵軌拆除了，鋪上了瀝青。那時候，還有三輪車，健壯的車夫們穿了打著補丁的衣衫，有力而從容地踏著車，慢慢駛過大街。現在回想起來，就好像上一世的事情了。」

「那時候，有桂花白糖粥的擔子，一條弄堂一條弄堂地挑進去賣……」

「爆米花是最最激動人心的了，創造出爆米花的人是一個偉大的人物，一點不亞於愛因斯坦和愛迪生，而爆米花的操作者更是一個偉大的人物。你試試看，一個手推和拉，另一個手卻要轉，試試看，沒有人能夠避免一敗塗地。可是他們行。每一條弄堂裡，都有一個臉色黑黑的人，一手轉著密封鍋，一手拉著風箱，不緊不慢，一下，一下，好像是如歌行板的節奏。然後，他站起身，一腳蹬在密封鍋上，一手拉把，大喝一聲：『響了！』小孩子們四下裡捂了耳朵快樂地亂跑。緊接著『砰』的一聲爆炸，雪白的、胖鼓鼓的米花兒瀉了出來，早已有一只竹籃子接了過去，那一瞬間實在是非常壯觀的。」

「爆米花，現在倒還有。」

「可是，他們再也不那麼『響了』的一聲，驕傲地叫嚷了，也沒有那麼多的孩子在弄堂口眼巴巴地等待他們，等他們一到，就爭先恐後地在他們身後排起了長隊。如今，他們瑟縮地蹲在街角裡，瞪著迷茫的眼睛，在黃昏天光黯淡的時候，空漠漠地搖著木柄，那炸響的一刻也不那麼震耳欲聾，你騎車從那裡走過，聽見『噗』的一聲，心想：誰家碎了一個熱水瓶，就完了。」

「那也許是因爲你長大了，不再是個孩子的緣故。」

「不，不，不是因爲我們自己的緣故，是因爲：我們生存的這一個世界，在日益地萎縮，有的全是凡人小事，英雄已經衰老，最後一名英雄坐在後門口曬著午後的太陽，前門堆滿了雜物和垃圾，他只得坐在後門口等著西下的陽光。我們的世界得了一種古怪的病，由於科學發達使任何不健康的病人都可生存下來，並且繁衍子孫，越來越多的病人走在大街上，呼吸著新鮮的空氣，將他們帶有病菌的不良的氣息吐出，於是，健康的本來沒有病的人也傳染上了。這是一個萎靡不振的世界，人們精神疲頓，心裡充滿了瑣瑣細細的煩惱，想著，如何才能治好他們的傷風和咳嗽，他們的傷風和咳嗽困擾著他們，使他們看上去若有所思，其實卻是昏昏欲睡。誰要是激昂地大喝一聲：『響了！』所有的人都會認定他是一個瘋子，請他去精神病院，在這個城市裡，各種各樣的醫院是很多的。人工的墊肩下面是枯瘦的肩膀，肌肉已成了往事的回憶，商店裡擺了高跟的男鞋，那是因爲男人們全成了侏儒！」他的臉忽然地抽搐了一下，他發覺他說得太遠了，他已經進入了禁區，於是便戛然住口。

房間裡沒有一點聲音，雪花還在窗外飄舞，落在地上，漸漸地融化。

她想，她已經到了邊緣，臨了最後一道薄弱的防線。這時候，她一定要萬萬小心，稍有不慎，一切都將前功盡棄。她耐心地等待著，聽見雪花撲在窗上的沙沙聲響，心中詫異，這樣夜深人靜的時候，爲什麼濤聲還不來。

「你想吃一點什麼嗎？」她忽然快樂地說道，「我帶來了一些吃的東西。」

「可是，女人吃的東西我一般都不愛吃。」他不由也露出了微笑，往她的兜裡伸頭瞧了瞧。

「你指的是什麼？」

「比如話梅啦什麼的。」

「我原先也喜歡吃話梅，去插隊時帶了許多，可是我很快發現，話梅是吃飽了肚子，油水充足的時候才想吃的。一個時時感到飢餓的人，對話梅就很難提起興趣了。」

「這是化食的東西，而我們那時候需要的是壓餓的東西。上河工的時候，我們非得吃到再吃一口就要吐出來爲止，否則，那一掛小車便再也推不走了。」

她從包裡掏出了小圓麵包和茶葉蛋，放在一隻方凳上，兩人就在方凳上吃了起來。

他說：「到了秋收以後，冬閒的時候，天下了雪，麥子在地裡睡覺，莊上的女人們就打著蓮花鐃子去逃荒了。我問她們，爲什麼要打著蓮花鐃去？她們說打著蓮花鐃唱完一段，用不著開口說個『要』字，人們就知道你是做啥來的了。」

她說：「有的人，蓮花鐃打得非常好聽。」

「唱得也特別好。她們都是即興地創作與演唱，見什麼唱什麼，什麼該說，什麼不該說，在她們心裡會有一張譜，她們唱的那些祝福的歌，使人那麼滿意；她們唱那些取笑調侃的歌，教人笑也不是，惱也不是；她們述說她們爲什麼又是怎樣地走過許多路來到這裡，不禁使人潸然淚下。她們唱了一冬，走了一冬，掙了一冬的吃食，不僅夠她們自己一冬的，還夠她們的男人和公婆在開春的日子吃上幾天。然後到了春天，地裡的麥苗露青了，她們便拾掇起蓮花鐃和饃饃口袋回家。到了下一冬，她們重又上路，唱著新編的歌，是與上一個冬天完全不同的歌。她們每一冬的歌都不一樣，都不重複，重複的歌，會使她們覺得害羞，覺得是最最沒本事的事情，她們寧可讓她們的歌失散，也不願重複。她們的歌就這樣失散了。我們失散了多少好的詩歌啊！」

他說到詩歌的時候，燈忽然暗了，房間裡一片漆黑，只有窗戶是白的，天光將雪花的影子投在窗上，一片一片飄下去。

停電了，有一瞬間，屋裡靜得厲害，她隱隱地聽見，有海的濤聲在漸漸地過來。

11

黑暗裡，他們彼此都看不見。他們一人坐在床沿，一人坐在對面的椅子上。方凳上的東西已經吃完了，手指上沾著茶葉蛋的醬油。黑暗在他們中間，使他們感覺到無形的隔障，這隔障使他們感到對方的存在有些虛無縹緲。

停了一會兒，他繼續說道：

「我們失散了這樣好的詩歌，可是誰也不覺得有什麼損失，我們照常吃飯，睡覺，閒言碎語滿天飛。那麼天才的詩人們呢，她們又在哪裡？她們在乎還是不在乎呢？顯然她們不在乎，對於她們，饃饃餃子是實在的，詩詞是虛無的，她們照常吃飯，睡覺，閒言碎語滿天飛。我無法不想詩歌到底是什麼。追溯到遠古的時代，遊吟詩人們一邊走一邊唱，唱著他們的歡喜和悲哀，詩歌源源地從他們心底生出，好像永不乾涸的泉眼，他們並不在乎他們唱的是什麼，只不過是唱的時候他們感到快樂或傷心，流下了歡喜或者悲傷的淚水，心裡就舒坦了許多。那麼，似乎是，詩歌產生的時候就已注定了要失散。後來，有一個偉大的混蛋發明了文字，又有一個同樣偉大的混蛋發明了紙，這一來可就容易了，任何東西都可以輕而易舉地寫在紙上，紙是可以保存的。所以有了坐在書齋裡的詩人，他們苦苦地思索著，將他們思索的結果寫在紙上，他們一邊寫一邊在心中生起一個企望，那就是：將他們的詩歌保存下來，使之不再遭到失散的命運。天長日久，詩歌就變成一樁不允許失散的東西，假如失散了，便不再是詩歌。我們再也不可認同失散的命運。然而，我們卻沒有察覺，當詩歌變成文字寫到紙上，甚至使我們非常振奮地印成鉛字，幾百，幾千，甚至幾萬冊地發行。那些男女中學生們，將他們斷章取義地選擇出的詩句，記在他們的日記和情書上面的時候，這些詩歌就變成了一樁公有的財產。人們讀著這些詩歌，然後說：詩人，你應當這樣；詩人，你應當那樣；詩人，你完了；詩人，又誕生了一個。人們紅口白牙地，咀嚼你的詩歌，就像在咀嚼一塊沒有煮爛的牛肉。人們將你的詩頁傳來傳去，就像一張骯髒的鈔票在流通。可是，這些詩歌實際上是自己的私事，是他們寶貴的提起來就要害羞的私事。」

「那麼，你試著去想一想：這些詩誕生的過程是屬於你私有的，而一旦生出了，便是獨立了的，就好比一個女人生一個孩子。」她提議道。

「生一個孩子？」他沉思著。

「是啊，孩子脫離了母胎，然後斷了奶，然後，會走路了。從母親的懷裡下了地，搖搖晃晃地走，開始還需母親的攙扶，後來不需要了，就一個人走遠了。母親會非常牽掛他，可他並不牽掛母親。」

「這樣說來，做一個母親注定是要牽腸掛肚地痛苦了。」

「因為她再牽掛其實也管不了太多了，她鞭長莫及，無論她的孩子將面臨多少危險，她也解救不了什麼的。」

「那麼我就像一個想不開的母親，當我懷裡揣著一個什麼念頭，大約就像一個懷了孕的未來的母親。我走在人車如流的大街上，心中會生出一種奇異的恐懼，我覺得任何不測都會發生，每一秒鐘都充滿了危險，一輛自行車從我面前擦過去會使我驚出一身冷汗，心想：這兔崽子不長眼，要撞了我啦！我小心翼翼地穿過馬路，像一個第一天進城的鄉下人一樣。我為了少穿一條馬路寧可繞得更遠，甚至放棄我本來計畫要去的地方。因我覺得每一輛汽車都有置我於死地的可能。假如我這時候死去，那麼我懷裡揣著的這一個念頭便會消失，沒有人知道曾經有過這樣一個念頭存在過。這就像一個尚在體中的生命，還未出世便消滅了，誰也不知道他是誰，是一個男孩還是一個女孩，長得什麼樣子，漂亮的還是醜陋的，愚笨的還是聰明的。甚至於誰都不知道他曾經隱祕存在了並且消亡了。可他實際上確實存在過了，可是沒有一個人知道。當我看見車禍在大街上發生──這個城市裡車禍是那麼多，猝不及防地就會發生──我望了血泊中的殉難者，就會這樣想：有多少東西因他的死亡而死亡了。我怕死亡怕得眞正要死。有時候我坐在這裡工作，詩句來不及地從心中湧出，我走不開去，只得夜以繼日地工作。我的血液湧到了前額與腦頂這個地方，我臉赤紅，心跳得失去了節奏，我心想：所謂腦溢血大約就是這樣，所謂心肌梗死一定就是這樣。無數種暴死的病症一起在我身體裡出現，我眞怕我這時候死去。我想，我要死了，這些還來不及表達出來的思想和聲音，就要消失了。我咬牙鼓勵自己：堅持，要堅持啊！快了，很快就完了！這些沒有出世的念頭由於依附了我們脆弱的生命之上，便也成爲脆弱的，隨時都可消滅。我必須將它們化爲一種可見可觸摸可保存的物質性存在，我必須讓它脫離我轉瞬即逝的生命獨自存在。當它們終於落實在我的稿紙上，我卻又開始了另一種擔心。我擔心它們會在不測中遺失，或者是房子著了火，或者被孩子們拿去摺了紙船或者紙鴿到處地扔。我放在哪裡都不放心，我只得將它們帶在身邊。可是帶了它們走在了人頭濟濟的街道上，我又想：會不會遇到一個竊賊？他會以爲這是一包鈔票，而將它們偷走，當他失望地發現這只是一堆紙的時候，他是不會再還我的，他隨手將它們扔進垃圾箱，再由一群拾荒的男女們拾去賣給廢品收購站，最後變成紙漿。我迫不及待地將它們交到出版社和編輯部，然後差不多天天要去問他們要還是不要，不要的話就趕緊還我，免得在他們那裡遺失。你知道編輯部裡有許多許多稿子，編了號碼，萬一號碼編錯了，便如葬身海底，再也找不著了。就這樣度日如年一直等到它們印成了鉛字，發行幾千份或者幾萬份，人們從郵局或者書店裡買走了刊物，讀到了它們，我才放下心來，心想：現在，它們再不會消滅了，它們存在於世了。」

「然後，你就開始爲它們的公有化和流通而煩惱了。」她在黑暗中說，使他想起了她的存在。

「是啊，事情就這樣又繞了回來，我眞不曉得如何才是好的。」

「在這個世界上，一個羅馬帝國都可以消滅，慢說是一個小小的詩人的小小的念頭。」她勸慰他。

「對我來說，我的念頭就是一個大帝國。」

「你將自己看得太重了，其實每一個人的生命都是一個瞬間。」

「這個瞬間爲什麼漫長得如此厭人，使人需要到處尋找事情將它塡滿。塡滿它的努力又是那麼累人。」

「許多人輕鬆地將它塡滿，快樂地度過了一生。」

「可我做不到。」

「你可以做到，只要你想做到。」

「不，不，我做不到。」

「你是不願意做到。」

「哈，哈，你說我怎麼會不願意做到，嚮往快樂可說是人的天性，連鳥兒都喜歡天天早晨歌唱。爲使自己快樂，我喝酒，我交朋友，我的朋友都是最會開玩笑的男人和女人。我出門到很遠的地方去旅行，像一個無憂無慮的遊方僧。我樂善好施，因爲我想多做好事，幫助他人會帶給我心靈的寧靜和快樂。可我確確實實已經失落了快樂。我努力回想，我是在哪一天不再快樂的，我卻想不起來了。好像突然有一天一覺睡醒之後，我再也快樂不了了。我心裡總是有一塊心病似的，這一塊心病如在冬天的雪地上滾雪球似的，越滾越大。我的人長到多大，它就有多大，它滿滿地占據了我的心，不讓出一點餘地，好略微存放一些快樂的心情。在我最不快樂的時候，我就日日夜夜地想啊想的：做什麼才能使我快樂？我向你起誓，我眞地非常非常想快樂，卻快樂不起來。我沮喪得幾乎要哭了，我所以沒有放聲大哭，決不是因爲沮喪得還不夠，而只是因爲害臊，因爲一個男人是不應當哭的……」

「對了，問題就出在這裡。」她興高采烈地大叫起來。

「出了什麼問題？」他愕然說道。

「問題是你明明是一個軟弱者，你萬萬不要生氣，我的意思是：你明明是軟弱的人類中的一個，卻偏偏要做一個堅強無摧的人。你無視自然的生生滅滅的規律，非要使暫時成為永恆。你想哭的時候不許自己哭，你說你是因為男人不應當哭，其實你只是因為項五一不應當哭。你還認為項五一不應當滅亡，如每一種生命一樣。你總是和自然拗著來。你走在車水馬龍的街上，行人們與你擦肩接踵，人人心裡有著人人的煩惱，各人要去做各人的事情，你卻偏偏要人們都注意你。其實，你毫不注意別人，你對別人漠不關心，你對別人在想什麼，去什麼地方，做什麼事情，沒有興趣。你甚至沒有耐心聽別人說一個百來字的長句，人家說到一半，你就將別人打斷再接著說你自己的。項五一的點點滴滴都需要別人知道，別人不知道，你就覺得項五一不存在了，滅亡了，你就悲哀和絕望得要命，要要命。你說你不曉得哪一天把快樂丟失了，我猜想也許是當你還是一個幼兒，剛剛學著在紙上畫一隻蘋果的時候，因為老師沒有誇獎你，而是誇獎另一個孩子，於是你就不快樂了。也許是有一天，你們許多人在一起說話，你發現你說話沒有被人聽見，其實人多的時候常常會這樣，就是大家在一起說話，結果誰也沒有聽見誰的；於是你就非常不高興。甚至只是在你的兄弟姊妹之間，父母的寵愛猶如接力賽一樣，一個傳一個，總是傳給最小的一個，那麼，就從你下面那個孩子出生以後，你就鬱鬱不歡至今。你鬱悶而氣憤地躲在一邊，不喜歡在人多的地方，因為在人多的地方，其實是最容易被忽略。你總是在人少或者沒有人的地方。這時候，沒有人知道你的念頭又湧上你的心頭。因爲沒有別人打擾你，沒有別人可作你思考的對象，你的思想就總是縈繞在你自己身上。你將你心中任何一點念頭都無限擴大，擴大到猶如一個帝國，甚至一整個世界。於是，你與別人同樣的經歷，同樣的悲歡，同樣的衰榮，在你便成了一個帝國興起與滅亡，世界的誕辰與末日，無比地重大，值得日日夜夜反反覆覆地思索：這都是爲什麼！這個世界本來應當幸與不幸對半的，可是再多的幸事也架不住一個死亡的結局，所以那一部分幸事就變成了死亡的問題。於是，你的一半時間玩味著人生本來的不幸，另一半時間則咀嚼著死亡的問題。你恰恰沒有來作一個調整，就是以死亡來對付不幸，而留存那一半的幸事作你快樂的心情。因爲你要你心裡充滿著悲壯的痛苦，這痛苦漸漸成爲你必不可少的精神支柱……」

「求求你，不要拿我的痛苦來開心。」他叫道。

「是啊，你的痛苦是那麼重要，人們都須對它肅然起敬。」她興奮地叫道。

「我已經沒有快樂了，再要沒有痛苦，我就成了一無所有的赤貧……」

「是的，是的，你抱住你的痛苦不放，你將你的痛苦當作財富，當作信仰，你心裡想：我多麼痛苦，於是就感到了安慰。你是一個了不起的人，你甚至可以選擇你做一個快樂的詩人，還是做一個痛苦的詩人。你發現痛苦比快樂更具備審美價值，境界更高尚。因快樂是一種滿足的表現，滿足又是平庸的表現，而今生今世你視平庸爲罪惡……」

「不，不，如果你經歷了一個男孩變成侏儒的過程……」海堤上駛過一輛汽車，車燈刷地從窗前掠過，照亮了他扭曲了的醜陋的臉，然後重又黑暗下來。

「這是人類共同的命運。每一個人只有出生的那一個時刻才是最最清潔的，然後就漸漸被污染。成熟的過程就是污染的過程。」

「這樣的不幸難道還不夠使人痛苦，難道我們必要麻木到那樣的程度，才可快樂？難道好好的一個人，卻變成蟲蟻那樣卑下，卻還要歡歡喜喜地唱歌？哪怕我們曾經有過一分鐘做狗的經歷，以後的日子也無法再像一個人那樣地生活。」

「你爲什麼不願意將這一分鐘忘記？」

「我忘不了！」

「忘不了，還是不願意？」

「忘不了，也不願意！」

「你終於承認了，可是爲什麼呢？」

「因爲假如我這樣沒有記性，便更不能像一個人那樣生活。我必將這一分鐘用記憶的烙鐵印在背上，我只有承受起這烙印，才可有一點希望，像人一樣地度過以後的生活。假如我們能夠那麼輕鬆地忘記，那麼我們做人的機會必將減少。」

「不要把事情說得那麼絕對，我們一起走在人潮洶湧的大街上，沒有人可以分辨出你，我，他。」她冷笑道。

「可是我知道，我能分辨出，我無法與其他人混淆。」他叫道。

「最終還是合成一個人類。」

「我不融合。」

「你總是違拗自然，你必將受苦。」

「這樣的受苦，我覺得驕傲和光榮。」

「現在，關於痛苦的問題終於明白了。」她釋然道。

「我不明白。」

「因爲你不明白，所以你痛苦，可是你又獨自承受不了你的痛苦，你其實是需要別人分擔你的痛苦，假如別人曉得了你的痛苦，你心裡就會緩和一些。假如別人再進一步認爲你的痛苦有價值，你就覺得你沒有白苦，得到了報償。其實你是又糊塗、又軟弱，所以你才需要成日價成黑價地寫啊寫的。你向自己解釋你的痛苦，使自己相信這痛苦是有價值的，有意義的，並且要使別人聽見你的解釋，承認你的解釋，信服你的解釋。你又要牢牢抱住痛苦這一武器使自己區別於他人，你又承受不了這一重負，你簡直是又要馬兒跑又要馬兒不吃草。你成爲詩人，其實是你妥協的結果。其實大街上從你身邊走過的每一個人都比詩人要來得堅強。你軟弱了還不承認，還不許自己流淚，你非要自己做一個鐵打的男人。堅強原是一種與生俱來的本質，不是要去做就可以做得的。在你想要去做的時候，其實你就已經承認你與堅強之間的距離。你要痛苦又怕痛苦，要孤獨又怕孤獨，就像我們小時候讀過的那則寓言——『葉公好龍』。多少人默默無聞以至埋沒都沒有發出叫喊，而你寫啊寫啊的。你不寫就不能活了，詩歌成了你的生命，你別無他路，只好將一個詩人的牢底坐穿。你又軟弱又驕傲，你的思想與情感是第一重要，第一神聖，不允許人們有自己的理解。如果有人表達了與你不同的意見，你就覺得你的思想與情感遭了玷辱，說這個世界上沒有一個知己，你是多麼孤獨。你要人們囫圇吞棗地全盤接受你的一切，成爲你的愚民，這時候你又該感到沮喪了，心想爲什麼我竟出生在一個沒有智慧與想像力的世道，成了一個悲觀主義者。在這個世界上，你不曉得要什麼才好，於是只得回顧遠古的時代，將自己想像成一個古典主義的英雄，心中充滿浪漫的激情。可是實際上你卻滿滿一肚子世俗的雜念，患得患失，斤斤計較，虛榮心極強。你離開詩歌的初衷已經很遠，你再做不成一個質樸的遊吟歌手，你必得將你的思想情感以物質形式存在下來，固定下來，像一張鈔票一樣參加流通，於是你的思想情感也就避免不了被污染的命運，你也惟有一逕地苦惱下去。假如你不苦惱，就做不成詩人，做詩人的結果是使你更加苦惱。這兩重痛苦的根源全是因爲你的自私和個人主義。可是奇怪的是，在這卑劣的品質之間，卻誕生了詩歌這一樁美麗的存在。」

黎明前的那一刻是無盡的黑暗，他們誰也看不見誰，各自蜷縮在黑暗之中，他們說話的聲音聽起來好像從天庭裡降落。她想她竟然說了這麼多，卻沒有被打斷，覺得有些奇怪，不由地住了口，靜靜地坐著。他好像被黑暗吞噬了一般，沒有一點聲息。她心想：多麼古怪啊！他們靜靜地坐著，彼此都沒有發覺一個夜晚從他們之間過去了。他們頭腦嗡嗡地作響，臉頰發燙，手腳微微地顫抖，他們好像共同經歷了一場浩劫，又激動又疲倦。這一個夜晚是那麼不平常，使他們隱隱地感到有點不安，心裡不約而同地想道：這是怎麼啦！

後來，天光一點一點透明，窗戶亮了，他們漸漸看見對方朦朧的身影，彼此好像成了陌生人似的，有些不敢認了，心裡恍恍惚惚地想：這個人是誰，爲什麼在這裡？再後來，太陽出來了，他們看見了窗外樹枝上和屋檐上的一點薄薄的積雪，他們又想：什麼時候下了雪？夜晚，雪花從窗前飄落的情景漸漸浮現在了眼前。最後，在滿屋的晨光中，他們沒有發覺電來了，電燈黯淡地亮著。

12

戰卡佳心底深處生出一個預感，那就是項五一再不會來電話了，可是她卻時刻等待著。當她課間時候坐在辦公室裡，每一次電話鈴響都會使她心跳。她忍著不去聽電話，由別的同事接起。她裝作不在意的樣子，卻密切注意著同事的反應。有時候，果然是找她，同事就喊道：「戰老師，你的電話！」她的心幾乎從喉嚨口跳出，她手腳冰涼，啞著嗓子問道是誰，結果卻是她的家人或者另一位朋友。這樣的時候，她渾身疲軟下來，連一絲力氣也沒有了。下班了，她就常常拖延著不回家，心想：也許現在他會打來電話。上班時，她也早早地就去，因爲他的那一次來電，是在早晨。那一個早晨現在回想起來，充滿了希望，她深覺得自己沒有好好地珍惜。她考慮再三，還是向他家中打了電話。她心裡忐忑不安聽著那鈴聲在遠處丁零零地響，當對方話筒提起的那一刻，她幾乎軟弱得要掛斷電話。好在是他女兒接的電話，說道：「爸爸不在家。」她又問：「爸爸什麼時候回來？」孩子說：「不知道。」她就將電話掛了，心裡想到：他還在郊區那間小屋裡。想到那間小屋，她的心不由一陣絞痛，她隱隱地覺著，什麼東西已經過去了，再不會來了。她消除不了一種感覺，那就是：那一個晚上，他們的交流過於徹底了。在此之後，他們還能以什麼來作交流呢?他們似乎是將事情推向了極致。然而，事情到達了極致是那樣的不同尋常。這一個夜晚，他們將人的了解與被了解推向了頂峰，他們冒了太大的風險，將彼此對人的智慧與熱情發揮到了頂點。這一個頂點今後再不會有了，它已經超出了平凡的常理。有許多人度過了整整一生都不會遭遇，不可期望它在兩個人的一生中出現兩次。這一個頂點消耗了他們積存幾十年的對人的智慧與熱情，也預支了他們今後幾十年裡對人的智慧與熱情。她最終地完成了對他的了解，他也最終地完成了他的被了解，而他們倆似乎生來就懷了一個目的，一個是了解，另一個是被了解，這一個夜晚無法不帶有終止的意味，她心裡充滿了終止的感覺，心想：不應當讓那個夜晚受到損害。可卻仍然按不下等待的心情。等待幾乎使她白了頭髮，每一日都好比一百年。後來，她終於等待不下去了，就又動身去了郊區他的小屋。

這是在寒假裡的一個早晨，她搭上開往郊縣的頭班車。車上擠了許多旅客，大都是在郊縣工廠工作的工人。她沒有占到座位，就站在車廂連接的地方，對了車門上的窗戶，望著外面的田野。她心裡空空的，什麼思想都沒有。她曉得等待她的除了失望不會有別的，可是她還是要去。她的心被等待煎熬著，蠢蠢欲動，她心裡想著「也許」、「也許」的，火車就漸漸到了地方。她隨了下車的人流走出車門，走過站台，跨過一條鐵路線，從候車室裡穿過。她又看見了上次給她指路的老太太，操了一把大掃帚「嘩啦嘩啦」在掃地，那一日的情景就像是一個逝去的夢。她出了候車室，走上了街道，白天和夜晚的情景是那樣不同，而她逕直地走上了正確的道路。她看見了他的那座獨立於一片平房之中的碉堡。她低了頭走上牆邊的水泥樓梯，一步一步登了上去，後來她登上了三樓，在樓梯口看見了長長的海堤，卡車繁忙地在海堤公路上奔馳，一輛接著一輛。她抬起手不加猶豫地敲了門，心裡漠漠的。太陽在她的頭頂，她依然感到寒風刺骨。她接連再三地敲門，卻沒有回答。這時候，二樓陽台有人昂起頭看她，這是一個紫紅臉膛精瘦個兒的農村青年，問她找誰。她說找那個從上海來的名叫項五一的房客。青年說那上海人早就退了房子搬走了，現在住這裡的是一對前頭工廠裡的新婚夫妻，還沒有分到房子。她問他：項五一什麼時候退的房子。青年想了一下說：已經有兩週的時間，記得是一個下雪天以後，他走的時候，還是青年用自行車將行李推到車站，化雪使道路又濕又滑，還非常的冷。她又問道，有沒有聽他說搬去了哪裡，青年說這還用問嗎？總歸是回上海。

戰卡佳掉轉身下了樓，從青年身邊走過，她想：從此，那一個夜晚再不會遭到破壞了，將永遠地保存了下來。其實她料到他會離開。他是再也不能與她見面，她不應將他了解得太透。人格中有一些祕密，猶如隱私一般不能爲第二人所了解，一旦被人了解，親家就會變成仇家。她不愼走入了他的禁地，窺破了他的隱祕，從此他再不能與她在一個世界裡共存。戰卡佳嘴角浮起一絲輕蔑的微笑，她想到，天才的隱私尤其不能道破。「天才」兩個字忽然使她激動起來，心裡充滿了歡喜。她熱烈地想道：我們有了一個天才。在我們度過了長久的沒有天才的日子之後，我們終於有了一個天才。

過了一些年月之後，戰卡佳有一次在街上與他的妻子相遇。兩個女人面對面站住，然後微笑了一下。她們之間在那一個雨夜裡結成的芥蒂在這一個晴朗的日子裡，煙消雲滅。她們說了幾句關於天氣的閒話，然後握了手離去，各自忙著各自的事情。太陽在她們身後漸漸移動。戰卡佳不由想道：項五一，你使你周圍的女人都那麼地寂寞。

度過黎明前最黑暗的時候，克服了終點到達之前的極限，項五一的長詩到了最後的日子。死了媽媽的侏儒從此一蹶不振，在那些流浪的夜晚回想起兒時的情景。那時候，他的手腳勻稱，健康有力，又無比地靈活。他對詩人說：

詩人，詩人，我想做一個眞正的人，是不是爲時過晚了？

爲了回答他的問題，詩人想了很久很久。他開始覺得不行，接著又有了信心；信心過後還是覺得不行，他心中生出對侏儒的刻骨銘心地憐憫，問道：

你爲什麼不珍惜自己？

我不知道，我不知道，我不知道心靈的懲罰會如此嚴酷。有一天我走在陽光下看見了我的——開始我以爲是別人的——影子，我還笑來著哩。可是我動他也動，我停他也停，這才明白這就是我，原來醜陋得令人心悸。從此，我再不敢在晴朗的白天出來。我躲在陰影裡，好像老鼠躲在地洞裡。我想，我怎麼早沒有看見自己的影子，爲什麼這麼長久的陰雲之後才出來光明的太陽？陰影裡冷風颼颼，可我不敢到太陽地裡去。

詩人沉思著：事情可能會變好，那就是說，當你發覺你是一個醜陋的怪物時，其實你已經有了人的心靈。

那麼一個侏儒能不能再重新做一個健康的人？侏儒希望盈盈地問。

詩人想了又想，他不忍教侏儒失望，卻又拿不出好主意，最後，他只得說：

或者，你就做一個健康的好侏儒吧。

侏儒不解地望著他。由於不見陽光，他的臉蒼白得像一張紙，眼睛成了兩個黑洞。

對，你就做一個健康的好侏儒。你首先要勇敢，不要被自己的醜陋嚇著，也別怕別人的輕蔑與嘲笑。當別人輕蔑嘲笑你的時候，你要壓抑你的仇恨；當看到別人健康又漂亮的時候，你不可妒忌。可是你卻萬萬不必自卑自賤，做遊戲的時候要誠實友愛。你試試去做吧，我知道這困難重重，可是這是唯一的道路了。

侏儒聽了這話，便低頭沉思起來。

詩人激動又疲憊地寫道：從現在起，你要做一個好侏儒。

這時候，他發現他不知不覺已經寫下了最後一行詩句。他的一萬行詩句寫在了紙上，四百張稿紙堆在桌上，還有四百張作廢的稿紙堆在腳下。他沒想到他夢想了日日夜夜卻又不敢夢想的這一刻竟不知不覺地到來，他幸福得幾乎啜泣起來。一萬行詩，是一個天文的數字，而他終於到達了終點，沒有在中途倒下。這過去了的日日夜夜簡直不堪回首，想起來都會鼻酸。他忍著熱淚想道：我把我心底最深處的隱祕說出來了。這隱祕不被一個人知道，爲了保護這隱祕不被侵犯，我甘願忍受孤獨。我多麼孤獨，我沒有一個朋友，我離開了我的朋友。想到此，他把頭深深埋在膝間，一個雪夜明亮地從他心上潺潺流過，他心如刀絞。這隱祕於我是羞慚到了寶貴，我沒有力量與勇氣坦白，沒有一個人可以使我信賴，消除我的羞辱，使我的驕傲與自尊不受傷害。我只可獻給我的神聖祭壇。在此神聖祭壇面前，任何虛僞與矯飾都是深重的罪惡，它必要你眞實。現在，我的醜陋的心史全交出去了。耳邊忽然響起那一個已經非常遙遠的藝術節上，孩子們的哄堂大笑，他痛苦地想道：我把我自己毀了。

他抬起頭，淚光盈盈地望著那摞成墓碑般的詩稿，心裡又一次地想：我把我自己毀了。

一稿一九八八年十一月十八日

二稿一九八八年十一月二十九日　上海

王安憶主要作品目錄

簡體字版

1.《雨，沙沙沙》（小說集） 百花文藝出版社，一九八一年
2.《黑黑白白》（兒童文學作品集） 少年兒童出版社，一九八三年
3.《王安憶中短篇小說集》 中國青年出版社，一九八三年
4.《流逝》（小說集） 四川人民出版社，一九八三年；「新經典文庫」，春風文藝出版社，二〇〇二年
5.《尾聲》（小說集） 四川人民出版社，一九八三年
6.《揚起理想的風帆》（論述集） 中國青年出版社，一九八三年
7.《小鮑莊》（中短篇小說集） 上海文藝出版社，一九八六年；二〇〇二年二版
8.《黃河故道人》（長篇小說） 四川文藝出版社，一九八六年
9.《69屆初中生》（長篇小說） 中國青年出版社，一九八六年；北岳文藝出版社，二〇〇一年

10.《母女漫遊美利堅》（遊記） 與茹志鵑合著，上海文藝出版社，一九八六年

11.《蒲公英》（散文集） 上海文藝出版社，一九八八年

12.《海上繁華夢》（小說集） 花城出版社，一九八九年

13.《旅德的故事》（遊記） 江蘇文藝出版社，一九九〇年

14.《流水三十章》（長篇小說） 上海文藝出版社，一九九〇年；二〇〇二年二版

15.《神聖祭壇》（小說集） 人民文學出版社，一九九一年

16.《米尼》（長篇小說） 江蘇文藝出版社，一九九二年

17.《故事和講故事》（文學理論集） 浙江文藝出版社，一九九二年

18.《荒山之戀》（小說集）「跨世紀文叢」，長江文藝出版社，一九九三年；南粵出版社，一九九八年；「拾穗者」，中國當代中篇小說經典文庫，中國文聯出版社，二〇〇三年

19.《烏托邦詩篇》（中篇小說集） 華藝出版社，一九九四年

20.《紀實與虛構：創造世界方法之一種》（長篇小說） 人民文學出版社，一九九四年；二〇〇一年二版

21.《父系和母系的神話》（長篇小說） 浙江文藝出版社，一九九四年

22.《乘火車旅行》（散文集） 中國華僑出版社，一九九四年

23.《長恨歌》（長篇小說） 作家出版社，一九九五年；天地圖書公司，一九九六年；人民文學出

版社，二〇〇四年

24.《中國當代作家選集叢書・王安憶》（中短篇小說集） 人民文學出版社，一九九五年；明報出版社，一九九六年

25.《傷心太平洋》（小說集） 華藝出版社，一九九五年；「中國小說五十強一九七八～二〇〇〇」，時代文藝出版社，二〇〇一年

王安憶自選集共六種 作家出版社，一九九六年

26.《王安憶自選集之一・海上繁華夢》

27.《王安憶自選集之二・小城之戀》

28.《王安憶自選集之三・香港的情與愛》

29.《王安憶自選集之四・漂泊的語言》

30.《王安憶自選集之五・米尼》

31.《王安憶自選集之六・長恨歌》

32.《人世的沉浮》（中篇小說集） 文匯出版社，一九九六年

33.《王安憶短篇小說集》 明天出版社，一九九七年

34.《心靈世界》（文學理論集） 復旦大學出版社，一九九七年

35.《姊妹們》（小說自選集） 華夏出版社，一九九七年

36.《重建象牙塔》（散文集） 遠東出版社，一九九七年
37.《屋頂上的童話》（小說集） 山東友誼出版社，一九九七年
38.《一個故事的三種講法》（兒童長篇小說） 明天出版社，一九九七年
39.《獨語》（散文集） 湖南文藝出版社，一九九八年
40.《接近世紀初》（散文集） 浙江文藝出版社，一九九八年
41.《塞上五記》（散文集） 吉林攝影出版社，一九九九年
42.《王安憶散文》（散文集） 華夏出版社，一九九九年
43.《王安憶小說選》（英漢對照） 中國文學出版社，一九九九年
44.《隱居的時代》（中短篇小說集） 上海文藝出版社，一九九九年；二〇〇二年二版
45.《我愛比爾》（中篇小說） 南海出版社，二〇〇〇年
46.《妹頭》（中篇小說） 南海出版社，二〇〇〇年
47.《男人和女人 女人和城市》（散文集） 雲南人民出版社，二〇〇〇年；二〇〇四年二版
48.《崗上的世紀》（小說集） 雲南人民出版社，二〇〇〇年
49.《富萍》（長篇小說） 湖南文藝出版社，二〇〇〇年
50.《剃度》（短篇小說集） 南海出版社，二〇〇〇年
51.《歌星日本來》（散文集） 北岳文藝出版社，二〇〇〇年

52.《窗外與窗裡》（散文集） 瀋陽出版社，二〇〇一年；廣州出版社，二〇〇一年
53.《我讀我看》（散文集） 上海人民出版社，二〇〇一年
54.《弟兄們》（中短篇小說集） 中國文聯出版社，二〇〇一年
55.《三戀》（中篇小說集） 浙江文藝出版社，二〇〇一年
56.《尋找上海》（散文集） 學林出版社，二〇〇一年
57.《文工團》（小說集） 文化藝術出版社，二〇〇一年
58.《上種紅菱下種藕》（長篇小說） 南海出版社，二〇〇二年
59.《茜紗窗下》（散文集） 上海文藝出版社，二〇〇二年
60.《現代生活》（中短篇小說集） 雲南人民出版社，二〇〇二年
61.《憂傷的年代》（小說集） 新世界出版社，二〇〇二年
62.《桃之夭夭》（長篇小說） 南海出版社，二〇〇三年
63.《王安憶說》（演講訪談集） 湖南文藝出版社，二〇〇三年
64.《酒徒》（小說集） 江蘇文藝出版社，二〇〇三年
65.《王安憶文集》（小說集） 長江文藝出版社，二〇〇四年
66.《王安憶中篇小說選》 上海社會科學院出版社，二〇〇四年
67.《乘公共汽車旅行》（散文集） 中國福利會出版社，二〇〇四年

68.《小城之戀》（中篇小說） 中國電影出版社，二〇〇四年
69.《錦繡谷之戀》（中篇小說） 中國電影出版社，二〇〇四年
70.《叔叔的故事》（中篇小說） 中國電影出版社，二〇〇四年
71.《遍地梟雄》（長篇小說） 文匯出版社、上海文藝出版社，二〇〇五年
72.《她從那條路上來》（長篇小說） 茹志鵑著，王安憶編，內蒙古人民出版社，二〇〇五年；上海文藝出版社，二〇〇五年
73.《稻香樓》（小說集） 春風文藝出版社，二〇〇五年
74.《小說家的十三堂課》（文學理論集） 上海文藝出版社，二〇〇五年
75.《街燈底下》（散文集） 山東畫報出版社，二〇〇五年
76.《王安憶讀書筆記》（論述集） 新星出版社，二〇〇七年
77.《王安憶導修報告》（講學報告） 新星出版社，二〇〇七年

繁體字版

1.《雨，沙沙沙》（小說集） 新地出版社，一九八八年
2.《叔叔的故事》（中篇小說） 業強出版社，一九九一年；麥田出版社，二〇〇四年
3.《逐鹿中街》（小說集） 麥田出版社，一九九二年；二〇〇三年二版

4.《香港情與愛》（小說集） 麥田出版社，一九九四年；二〇〇二年二版
5.《紀實與虛構——上海的故事》（長篇小說） 麥田出版社，一九九六年；二〇〇二年精裝版
6.《風月——陳凱歌、王安憶的文學電影劇本》 遠流出版社，一九九六年
7.《長恨歌》（長篇小說） 麥田出版社，一九九六年；二〇〇五年新版
8.《憂傷的年代》（小說集） 麥田出版社，一九九八年
9.《處女蛋》（中篇小說） 麥田出版社，一九九八年
10.《隱居的時代》（小說集） 麥田出版社，一九九九年
11.《獨語》（散文集） 麥田出版社，二〇〇〇年
12.《妹頭》（中篇小說） 麥田出版社，二〇〇一年
13.《富萍》（長篇小說） 麥田出版社，二〇〇一年
14.《尋找上海》（散文集） 印刻出版社，二〇〇二年
15.《上種紅菱下種藕》（長篇小說） 一方出版社，二〇〇二年；麥田出版社，二〇〇六年
16.《剃度》（小說集） 麥田出版社，二〇〇二年
17.《我讀我看》（散文集） 一方出版社，二〇〇二年
18.《小說家的13堂課》（原題《心靈世界》，文學理論集） 印刻出版社，二〇〇二年
19.《米尼》（長篇小說） 印刻出版社，二〇〇三年

20.《海上繁華夢》（小說集）　印刻出版社，二〇〇三年
21.《現代生活》（小說集）　一方出版社，二〇〇三年
22.《閣樓》（小說集）　印刻出版社，二〇〇三年
23.《流逝》（小說集）　印刻出版社，二〇〇三年
24.《兒女英雄傳》（中篇小說）　麥田出版社，二〇〇三年
25.《桃之夭夭》（長篇小說）　印刻出版社，二〇〇四年
26.《王安憶的上海》（散文集）　香港三聯書店，二〇〇四年
27.《遍地梟雄》（長篇小說）　麥田出版社，二〇〇五年
28.《冷土》（小說集）　印刻出版社，二〇〇六年
29.《化妝間》（短篇小說集）　二魚文化出版社，二〇〇六年
30.《小說家的讀書密碼》（文學理論集）　麥田出版社，二〇〇六年
31.《啓蒙時代》（長篇小說）　麥田出版社，二〇〇七年
32.《傷心太平洋》（中篇小說集）　印刻出版社，二〇〇七年

王安憶作品集 6

傷心太平洋

作　　者　王安憶
總 編 輯　初安民
責任編輯　丁名慶
特約美術　蔡南昇
校　　對　余淑宜　高慧瑩

發 行 人　張書銘
出　　版　INK印刻出版有限公司
台北縣中和市中正路800號13樓之3
電話：02-22281626
傳真：02-22281598
e-mail：ink.book@msa.hinet.net
網　　址　舒讀網http://www.sudu.cc

法律顧問　漢廷法律事務所
劉大正律師
總 代 理　展智文化事業股份有限公司
電話：02-22533362・22535856
傳真：02-22518350
郵政劃撥　19000691 成陽出版股份有限公司
印　　刷　海王印刷事業股份有限公司

出版日期　2007年 11月　初版
ISBN　978-986-6873-44-7

定價　220元

國家圖書館出版品預行編目資料

傷心太平洋／王安憶 著.--初版,
--臺北縣中和市：INK印刻,
2007.11　面；　公分（王安憶作品集；6）

ISBN 978-986-6873-44-7（平裝）

857.63　　96019892